Los aerostatos

Amélie Nothomb

Los aerostatos

Traducción de Sergi Pàmies

EDITORIAL ANAGRAMA
BARCELONA

Título de la edición original:
Les aérostats
© Éditions Albin Michel
   París, 2020

Ilustración: Photography Agency Iconoclast / foto © Jean-Baptiste
   Mondino

Primera edición: febrero 2024

Diseño de la colección: Julio Vivas y Estudio A

© De la traducción, Sergi Pàmies, 2024

© EDITORIAL ANAGRAMA, S. A., 2024
   Pau Claris, 172
   08037 Barcelona

ISBN: 978-84-339-2231-1
Depósito legal: B. 21861-2023

Printed in Spain

Romanyà Valls, S. A.
Verdaguer, 1, 08786 Capellades (Barcelona)

Para Aurianne

Entonces aún no sabía que Donate pertenecía a la categoría de personas perpetuamente ofendidas. Sus reproches me llenaban de vergüenza.

—No se puede dejar un cuarto de baño en este estado —me dijo.

—¡Perdón! ¿Qué he hecho?

—No he tocado nada. Tienes que darte cuenta por ti misma.

Me acerqué a ver. Ni charco en el suelo ni pelos en el desagüe.

—No lo entiendo.

Se me acercó suspirando.

—No has estirado la cortina de la ducha. ¿Cómo quieres que se seque así, en acordeón?

—Ah, sí.

—Y no has tapado el frasco de champú.

—Pero es el mío.

–¿Y?

Cerré lo que por mi parte no llamaba «frasco», sino simplemente «champú». Claramente me faltaban modales.

Donate me iba a enseñar. Yo solo tenía diecinueve años. Ella tenía veintidós. Yo estaba en esa edad en la que una diferencia así aún resulta significativa.

Poco a poco, me fui dando cuenta de que se comportaba igual con la mayoría de la gente. Por teléfono, la oía replicar a sus interlocutores:

–¿Le parece normal hablarme en ese tono?

O:

–No le tolero que me trate así.

Colgaba. Yo le preguntaba qué había pasado.

–¿Con qué derecho escuchas mis conversaciones telefónicas?

–No escuchaba, te he oído.

La primera vez que utilicé la lavadora fue un drama.

–¡Ange! –oí que me llamaba.

Acudí, temiéndome lo peor.

–¿Qué es eso? –me interrogó señalando la ropa que había dejado colgada donde había podido.

–He puesto una lavadora.

–Esto no es Nápoles. Mete tu ropa en otra parte.

—¿Dónde? No tenemos secadora.

—¿Y? ¿Acaso has visto que yo vaya colgando mi ropa por cualquier sitio?

—Por mí puedes hacerlo.

—No se trata de eso. ¿No te das cuenta de que no es presentable? Y te recuerdo que estás en mi casa.

—Pago mi parte del alquiler, ¿no?

—Ah. Así que, con la excusa de que pagas, ¿puedes hacer lo que te dé la gana?

—En serio, ¿qué se supone que debo hacer con mi ropa mojada?

—Hay una lavandería en la esquina. Con secadoras.

Registré la información, decidida a no utilizar su lavadora nunca más.

Pronto entramos en la cuarta dimensión.

—¿Podrías explicarme por qué has movido mis calabacines?

—No he movido tus calabacines.

—¡No lo niegues!

Ese «¡No lo niegues!» me provocó una carcajada.

—No le veo la gracia. Míralo tú misma.

En la nevera me enseñó sus calabacines, a la izquierda de mis brócolis.

–Ah, sí –dije–. Tuve que moverlos para poner mis brócolis.

–¿Lo ves? –exclamó con voz triunfal.

–En algún sitio tenía que dejar mis brócolis.

–Pero ¡no en mi cajón de las verduras!

–No hay otro.

–El cajón de las verduras es mío. Ni se te ocurra abrirlo.

–¿Por qué? –pregunté tontamente.

–Por pudor.

Regresé a mi habitación para disimular la hilaridad que me inspiraban sus comentarios. Sin embargo, tenía razón: aquello no tenía ninguna gracia. Donate era desesperante en grado sumo y yo no tenía elección: el piso compartido era, con diferencia, lo mejor que había encontrado. Mis padres vivían demasiado lejos de Bruselas para que pudiera ir y venir.

El año anterior había vivido en un cuchitril del edificio que servía de residencia universitaria a los filólogos en ciernes: por nada del mundo habría regresado a aquel cuartucho que compartía con un bruto nauseabundo que, incluso cuando no estaba presente, era tan ruidoso a cualquier hora del día o de la noche que nunca pude ni dormir ni estudiar, lo cual resulta bastante molesto para una estudiante. No sé a consecuencia de qué extraño milagro logré aprobar mi primer año, pero no tenía intención de volver a correr un riesgo semejante en el siguiente.

En casa de Donate tenía una habitación propia. Virginia Woolf estaba en lo cierto: no hay nada más importante. Aunque no fuera ninguna maravilla, constituía un lujo tal que me permitía soportar las vejaciones de Donate. Ella nunca entraba, más por asco que por respeto a mi territorio. A ojos de Donate, yo era la viva encarnación de «los jóvenes»: cuando hablaba de mí, me sentía como un hooligan. Bastaba con que tocara algo suyo para que lo pusiera inmediatamente en la cesta de la ropa sucia o lo tirara a la basura.

En la universidad, yo no era popular. Los estudiantes ni siquiera reparaban en mi existencia. A veces reunía el coraje suficiente para dirigirle la palabra a algún chico o a alguna chica que me parecía simpática: me respondían con monosílabos.

Por suerte, me apasionaba la filología. Invertir la mayor parte de mi tiempo en leer o estudiar no me suponía ningún problema. Pero algunas tardes sufría la soledad. Entonces salía, daba una vuelta por las calles de Bruselas. Dejaba que la efervescencia de la ciudad me embriagara. Me fascinaban los nombres de las calles: rue du Fossé-au-Loup, rue du Marché-au-Charbon, rue des Harengs.

A menudo acababa aterrizando en algún cine y me tragaba la primera película que echaran. Luego volvía a pie, lo que me llevaba alrededor de una hora. Me gustaban aquellas veladas, me parecían una aventura.

Al volver a casa tenía que ser muy cuidadosa: el más mínimo ruido despertaba a Donate. Sus normas eran estrictas: cerrar las puertas con infinitas precauciones, no cocinar, no tirar de la cadena, no ducharse más tarde de las nueve de la noche. Incluso respetándolas escrupulosamente me tocaba recibir alguna que otra reprimenda.

¿Había tenido problemas de salud? Lo ignoraba. Ella aseguraba que necesitaba dormir más que la mayoría de las personas. La lista de sus alergias aumentaba cada día. Estudiaba Dietética y criticaba mi alimentación con frases como:

—¿Pan con chocolate? Luego no te extrañes si caes enferma.

—Estoy bien.

—Eso es lo que tú te crees. Ya verás cuando tengas mi edad.

—Tienes veintidós años, no ochenta.

—¿Qué clase de insinuación es esa? ¿Cómo te atreves a hablarme así?

Yo volvía a mi habitación. No era solo una solución de compromiso: aquel era el lugar en el que todo resultaba posible. La habitación daba sobre la esquina del bulevar: desde allí podía oír como los tranvías iniciaban su giro entre chirridos que me resultaban seductores. Acostada en la cama, imaginaba que era un tranvía, más para olvidarme de mi destino que para llamarme deseo. Me encantaba no saber hacia dónde me dirigía.

Donate tenía un novio al que nunca veíamos. Hablaba de él con ojos de entusiasmo. Le atribuía tantas virtudes que no pude resistirme a preguntarle si existía de verdad.

—Di mejor que me lo estoy inventando.

—Y ese Ludo tuyo, ¿dónde está?

—Ludovic, te lo ruego. Odio esas familiaridades.

—¿Por qué no lo vemos nunca?

—Habla por ti. Yo lo veo a menudo.

—¿Cuándo?

—En clase.

—¿Estudia Dietética, igual que tú?

—Bioquímica, no Dietética.

—Cada vez que me hablas de tus estudios es para contarme cosas relacionadas con la alimentación.

—Es más complicado que eso. Resumiendo,

Ludovic es un chico de lo más discreto. Me respeta infinitamente.

Llegué a la conclusión de que no se acostaban. Resultaba difícil imaginar que Donate pudiera tener vida sexual. Era un tema que no abordaba nunca. Pero solo por su manera de prohibirme invitar a alguien a mi habitación podía imaginarme lo reprimida que era.

Incluso suponiendo que Ludovic fuera producto de su imaginación sentía envidia de ella. Me habría gustado tener a alguien en mi vida. El año anterior había mantenido algunas relaciones indefinidas. Nada interesante y, sin embargo, ahora me sentía tan sola que experimentaba cierta nostalgia.

Como necesitaba dinero, puse un anuncio de profesora particular de Francés, Literatura y Gramática para adolescentes.

—¡Ange! Te llaman por teléfono, es para ti —me avisó Donate.

Al otro lado de la línea escuché una voz de hombre:

—¿Señorita Daulnoy? He visto su anuncio. Mi hijo de dieciséis años es disléxico. ¿Podría ocuparse de él?

Anoté su dirección. Me dio cita para el día siguiente por la tarde.

Llegué a las cuatro. Era una casa bonita como las que solo se ven en los barrios ricos de Bruselas. El hombre que me recibió era el mismo que había hablado conmigo por teléfono. Debía de rondar los cuarenta y cinco años y parecía alguien con muchas responsabilidades.

–¿Qué es la filología? –me preguntó.

–En Alemania y Bélgica, la filología engloba todas las ciencias del lenguaje y requiere de un profundo conocimiento del latín y del griego antiguo.

–¿Por qué eligió esos estudios?

–Porque Nietzsche fue filólogo antes de ser filósofo.

–¿Es usted nietzscheana?

–Nadie es nietzscheano. Pero eso no quita para que Nietzsche siga siendo la mejor de las inspiraciones.

18

Se me quedó mirando con gravedad y concluyó:

—Muy bien. Parece una joven seria, justo la persona que mi hijo necesita. Es un chico inteligente, incluso diría que de una inteligencia superior. Pero sus notas en Francés me desesperan. ¿Podría venir todos los días?

Abrí los ojos como platos. No esperaba una frecuencia semejante.

—¿Podría, sí o no?

La remuneración que me ofreció me pareció extraordinaria. Acepté antes de añadir:

—Primero habrá que ver si le gusto a su hijo.

—¡Y qué más! Usted encarna la perfección. Solo faltaría que no le gustara.

Me entregó el sobre con mis emolumentos y me acompañó hasta la sala de estar, en la que, sentado en el suelo con las piernas cruzadas, me esperaba un chico de expresión ausente. El adolescente se puso en pie para saludarme.

—Señorita, le presento a mi hijo, Pie. Pie, te presento a la señorita Daulnoy, que vendrá todos los días para ayudarte con tu asignatura de Francés.

—¿Todos los días? —exclamó el chico con fastidio.

—¡Disimula tu alegría, pedazo de grosero! Ya sabes que lo necesitas si quieres aprobar Francés en selectividad.

–¿Selectividad? –pregunté, ya que no existe en el sistema belga.

–Pie va al liceo francés. Bien, os dejo solos para que os vayáis conociendo.

En cuanto el padre se marchó, el hijo se comportó conmigo con una servil cortesía. Nos sentamos a la mesa, frente a sus apuntes de la asignatura.

–Preséntese.

–Me llamo Pie Roussaire, tengo dieciséis años y nacionalidad suiza. Mi padre se llama Grégoire Roussaire, es cambista.

Cambista: no sabía qué significaba esa palabra, pero me abstuve de decirlo.

–Acabamos de instalarnos en Bruselas.

–¿Antes vivían en Suiza?

–Nunca he estado allí en persona. Nací en Nueva York y pasé mis primeros años de escuela en las Islas Caimán.

–¿Hay escuelas allí?

–Por llamarlas de algún modo.

Evité hacer más preguntas sobre los aspectos sospechosos del padre de mi alumno.

–¿Y su madre?

–Carole Roussaire, sin profesión. Soy hijo único.

–Bueno. Es disléxico: cuénteme.

–No consigo leer.

Me pareció que aquello no tenía sentido. Cogí el libro que tenía más a mano, *Rojo y negro*, y se lo entregué, abierto por la primera página.

—Lea en voz alta.

Catástrofe: se trababa con cada palabra, que la mayoría de las veces ya salía de su boca al revés.

—Y leyendo en silencio, ¿consigue leer?

—No lo sé.

—¿Cómo que no lo sabe?

Empezó a temblar.

—¿Cuáles son sus aficiones?

—Las armas.

Lo miré con inquietud. Detectó mi angustia y se echó a reír.

—No se preocupe, soy no violento. Me interesan las armas, pero no tengo ninguna. Me gusta mirar armas bonitas por internet: arcabuces, espadas, bayonetas. Me documento sobre estos temas.

—¿Eso significa que lee sobre estos temas?

—Sí.

—Entonces sabe leer.

—No tiene nada que ver. Eso me interesa.

—Pues entonces solo tendría que leer una novela que le interesara.

Me miró con perplejidad, como diciéndome que eso era imposible.

—¿Qué le han hecho leer en la escuela?

Expresión de asombro, como si no entendiera la pregunta. La reformulé en unos términos distintos:

—¿Recuerda cuáles eran las lecturas obligatorias?

—¿Lecturas obligatorias? No se habrían atrevido.

Ese vocabulario de jefe de banda me pareció divertido.

—Así que nunca ha leído una novela entera.

—Y a trozos tampoco. Y ahora, ¿tengo que leer eso? —suspiró señalando *Rojo y negro*.

—Por supuesto. Es el clásico por excelencia y tiene la edad ideal para leerlo.

—¿Y cómo voy a hacerlo?

—No hay una receta. Tiene que hacerlo y ya está.

—Entonces ¿qué pinta usted?

—¿Qué esperaba, que lo leyera en su lugar?

—Ya lo ha leído, ¿verdad? Así que ¿por qué no me lo cuenta?

—Porque eso no lo sustituye. Y es mejor así. ¡Leer a Stendhal es todo un placer!

En su mirada leí que yo era una estúpida irrecuperable.

La clase no había durado lo suficiente. Busqué temas de relleno.

—Se llama Pie, un nombre muy bonito. Es el primer Pie que conozco.

–Lo hubiera preferido sin la *e* final.

–¿Le gustan las matemáticas?

–Me encantan. Por lo menos son inteligentes.

Ignoré el ataque.

–Es curioso, el nombre Pia ha vuelto a ponerse de moda, pero no su forma masculina. Debe de ser por el último papa que llevó ese nombre.

–¿A qué se refiere? –preguntó con un desprecio que fingí no detectar.

–Pío XII, ¿no le suena? Fue papa durante la segunda guerra mundial. No solo no se opuso a la Shoá, sino que la favoreció.

–No me llamo así por ese sujeto.

–No lo dudo. *Pie* significa «piadoso». ¿Reza usted?

–¿Tengo cara de hacerlo?

Me levanté.

–Por hoy será suficiente –dije–. Para el próximo día quiero que haya terminado *Rojo y negro*.

–¡Necesitaré semanas! –exclamó.

–Su padre quiere que venga todos los días. En teoría debería haberlo leído para mañana. Y es perfectamente posible.

–¡Espere! –protestó–. No he leído un libro en mi vida ¿y quiere que me acabe este tocho para mañana?

La objeción me pareció admisible.

—Pues entonces volveré pasado mañana. Adiós.

Abandoné al chico hundido; no se despidió de mí.

El padre salió a mi encuentro en el vestíbulo.

—¡Bravo! ¡Ha resistido! No soporto la impertinencia de este chico.

—¿Nos estaba escuchando?

—Por supuesto. El espejo grande no tiene azogue. Desde mi despacho, escucho y veo.

—Me resulta incómodo.

—Es para protegerla.

—No siento que esté en peligro. Su hijo es no violento, ya lo ha oído.

—Quería saber cómo actuaba. Me ha convencido. Mi único desacuerdo: no debería haber cedido con Stendhal. Debería haberlo obligado a acabarlo para mañana.

—Pie nunca ha leído una novela ¿y pretende que lea *Rojo y negro* en un solo día? Francamente, su argumento me ha parecido legítimo y no me arrepiento de haberle hecho esa concesión. Hay que evitar que la lectura le acabe repugnando.

—Lo que necesita este chico es firmeza.

—¿Y no cree que se la he demostrado?

—Es verdad.

24

—¿Sabe él que lo mira y lo escucha?

—No, por supuesto que no.

—Francamente, en adelante preferiría que se abstuviera de hacerlo.

Me asombró mi propia audacia, que pareció disgustarle sobremanera al padre de mi alumno, pues no respondió. Comprendí que se reservaba el derecho a actuar a su antojo. Me acompañó hasta la puerta y me dio cita para dos días después.

Al volver la esquina, abrí el sobre y conté los billetes. «No me ha tomado el pelo», pensé alborozada.

Por la noche volví a pensar en la curiosa sensación que había experimentado en presencia de aquella gente. Me costó analizarla.

Intenté no tener en cuenta las extrañas informaciones que Pie me había proporcionado sobre su pasado. Eso no era óbice para que tanto el padre como el hijo me parecieran, cada uno a su manera, de lo más extraños.

Los modales de Grégoire Roussaire me disgustaban sobremanera; me dolía que se hubiera tomado la libertad de espiar mi clase sin ni siquiera avisarme. Con independencia de eso, aquel hombre desprendía algo que no me gustaba y que no lograba definir.

Mi misión no era ocuparme del padre, sino del hijo. Este me conmovía. Entendía su malestar. Tener dieciséis años era un reto enorme, y más aún si desembarcabas de las Islas Caimán para aterrizar en Bruselas, ciudad cuyo calor humano siempre se ha exagerado. ¡Nunca había leído un libro! Me parecía demasiado fácil echarle la culpa a su escolarización. ¿Acaso no podrían habérselo sugerido sus padres? Y a ese padre que ahora deseaba que su hijo leyera *Rojo y negro* en una sola noche, ¿no se le habría podido ocurrir, durante los dieciséis años anteriores, iniciarlo en el placer de la lectura?

Yo solo tenía tres años más que Pie y, para mí, todo eso resultaba de lo más natural. Mi madre me leía los cuentos de Perrault antes de dormir y se daba por sentado que descubriría por mí misma el modo de empleo de aquellos libros de hechizos. A partir de los ocho años me convertí en adicta a esas inmersiones en el milagroso universo de los encantadores que son Hector Malot, Jules Verne y la condesa de Ségur. La escuela solo tuvo que completar el trabajo.

«Ahora estará leyendo», me dije pensando en Pie. ¿Por dónde iría? ¿Se identificaría con Julien o lo despreciaría? Aquel chico parecía estar tan a disgusto consigo mismo... ¿Se trataba de la habitual crisis de la adolescencia o de algo más profundo?

Físicamente no me había parecido guapo, aunque eso no significaba que fuera feo, sino solo flaco y torpe, como se suele ser a esa edad. ¿Se parecía a su padre? Habría dicho que no. Parecía odiarlo. En ese aspecto, ¡lo entendía perfectamente!

Dos días más tarde, Pie me estaba esperando con esa cortesía tan marcada que mostraba en ausencia de su padre. Me senté en el sofá y le pedí que tomara asiento a mi lado.

–¿Ha leído *Rojo y negro* entero?

–Sí.

–¿Y?

–Lo he leído. Es lo que me está preguntando, ¿no?

–Sí. ¿Y qué opina?

–Ah, es que, además, ¿tengo que tener una opinión?

–Es inevitable.

–¿A qué llama «opinar»?

–¿Le ha gustado la novela?

–¡No! Por supuesto que no.

–¿Y por qué por supuesto?

–Porque podría haber dedicado todo ese

tiempo de lectura a miles de otras actividades más importantes.

—¿Como cuáles?

—Las matemáticas, por ejemplo.

—Convendrá conmigo en que esa no es una razón intrínseca para odiar este libro.

—¿Quiere una razón intrínseca? Haberlo dicho antes. Le juro que he detestado este tocho porque es literatura para chicas.

—Julien Sorel no es una chica y Stendhal tampoco.

—Se nota mucho que esta historia va dirigida a chicas. El objetivo de Stendhal es que las lectoras se enamoren de Julien Sorel.

—Sabrá que muchos lectores también se han enamorado de Julien.

—Claro. Los maricones.

—No solo ellos.

—En todo caso, yo no. Detesto a ese tipo.

—Está bien.

—¡Es repugnante!

—Comprendo su punto de vista.

—¿Esperaba que me gustara el libro?

—No esperaba nada.

—¿A usted le gusta?

—Es una de mis novelas preferidas.

—Entonces ¿le gusta Julien?

—No estoy segura. Que te guste una novela

no significa necesariamente que te gusten sus personajes.

–¿Le gusta la historia?

–Sí.

–¿Cómo es posible? Es una historia de ambición, lo cual ya de por sí resulta estúpido, y además se trata de una ambición que fracasa por razones ridículas.

–El suyo es un juicio moral. Que te guste un libro no tiene nada que ver con eso.

–¿Y con qué tiene que ver?

–Con el placer que se experimenta leyéndolo.

–Nunca podré sentir placer leyendo.

–No lo sabe. Este libro no ha logrado provocarle placer. Puede que otro sí lo consiga.

–¿Cuál?

–No lo sé. Ya lo encontraremos.

Presa de una súbita intuición, agarré el ejemplar de Stendhal que había sobre la mesa, lo abrí al azar y se lo entregué al joven:

–Lea en voz alta.

–¿No le estoy diciendo que este libro no me gusta? –protestó.

–No se trata de eso.

Suspiró con rabia y procedió. Para provocar, lo hizo sin expresión y leyó mecánicamente, a toda velocidad.

–Muy bien –dije para interrumpirle.

—¿Qué va a conseguir con eso? —preguntó.

No respondí y me levanté para inspeccionar la biblioteca.

—Habiendo tantos libros en su casa, ¿nunca se ha sentido atraído por ellos?

—Pura fachada. Mi madre seguramente no los ha leído. Y a saber si mi padre sí.

—¿Por qué no se lo pregunta?

Se echó a reír.

Me topé con *La Ilíada*. La cogí y regresé al sofá.

—Esta será nuestra próxima lectura.

—¿Qué es?

—Homero, ¿ha oído hablar de él?

—Es antiguo, ¿verdad?

—Por decirlo de algún modo. Me ha contado que le interesan las armas. Es el relato de una guerra.

—¿Cuánto tiempo me da para leerme este libro?

—Imposible precisarlo. Llámeme cuando lo haya terminado.

Me miró como a una soberana idiota. En sus ojos leí lo que pensaba de mí: «¡Podría no volver a llamarte, pobre imbécil!». Era consciente de ello, pero me pareció que era un riesgo que merecía la pena correr.

Al salir, y conforme a mis temores, me vi interceptada por el padre, que me arrastró a su despacho y me habló desabridamente:

–¿Se puede saber a qué está jugando? –preguntó.

No me amedrenté y le dije:

–¿Ha oído cómo ha leído su hijo?

Se quedó pensando.

–¿Se ha fijado en los progresos que ha hecho? No se ha trabado con ninguna palabra. No ha invertido ninguna sílaba.

–Ha leído fatal, ¡sin la más mínima entonación!

–Me ha confiado a su hijo para que le cure la dislexia, señor, y no para que le enseñe a leer con arte.

–Es verdad. Pero, ahora, ¿cuánto tiempo necesitará para leer *La Ilíada*? ¡Le va a tomar el pelo!

–Ya lo veremos. Mi contrato consiste en ayudar a Pie con el francés y doy fe de que lo estoy haciendo. Además, le repito que preferiría que no me observara durante las clases.

Grégoire Roussaire me entregó mi salario. Me retiré.

La Ilíada: ¿cuáles eran mis expectativas? Era un movimiento arriesgado.

«Por lo menos no tiene nada que ver con *Rojo y negro*», pensé.

En mi cuarto volví a leer el principio de *La Ilíada*, que, a los quince años y con auténtica veneración, había traducido en clase de griego antiguo. «¿Cómo se me ocurre esperar que cause en Pie un efecto parecido?»

Hechizada, proseguí mi lectura. Muy rápidamente pensé que el chico debía de estar leyendo los mismos versos y experimenté un malestar tan profundo que no pude seguir.

«Después de todo, me han contratado para curarle la dislexia y eso casi está hecho», pensé. Había bastado con que leyera un libro entero: sentí un ataque de rabia ante la idea de que nadie le hubiera sugerido al adolescente algo tan obvio.

34

¿Cómo se le podía enseñar lectura a alguien sino leyendo? Era para darse cabezazos contra la pared.

En los últimos tiempos, en los medios se hablaba mucho de una epidemia de dislexia. Me parecía tener una explicación. Vivimos una época ridícula en la que imponerle a un joven leer una novela entera se considera un atentado contra los derechos humanos. Yo solo tenía tres años más que Pie. ¿Por qué me había librado del naufragio? Mis padres me habían educado con sencillez, sin recurrir a ningún método especial. Para mí, el misterio eran esos adolescentes que no sentían la curiosidad natural de leer. Acusar a internet o a los videojuegos me parecía tan absurdo como atribuir a uno u otro programa de televisión la responsabilidad de su desinterés por el deporte.

—¿Qué tal van tus clases particulares? —preguntó Donate.

Se lo expliqué como buenamente pude. Mi compañera de piso hizo una mueca.

—¡Ese depravado os observa a los dos desde su despacho!

—Pienso lo mismo que tú. He intentado prohibírselo, le da igual.

—¿Y por qué no dimites?

—Me pagan bien. Y el chico es interesante.

—Espero que no te estés enamorando.

—¡Tiene dieciséis años!

Donate rompió a reír.

—Entonces me quedo tranquila —dijo con tal ironía que me dieron ganas de pegarle una bofetada—. ¿Cuándo es tu próxima clase?

—No lo sé. Me llamará cuando acabe de leer *La Ilíada*.

—Espera. El muchacho apenas sabe leer ¿y ya le estás endosando *La Ilíada*? ¿Pretendes humillarlo?

—*Rojo y negro* no le gustó nada.

—¡Así que adorará a Homero! Tu lógica se me escapa.

Por una vez estuve de acuerdo. Pero, para tener la última palabra, dije tontamente:

—Eso me garantiza unos días de tranquilidad.

A la mañana siguiente, Grégoire Roussaire me telefoneó:

—Mi hijo ha acabado de leer *La Ilíada*. Venga esta tarde a la misma hora.

Sorprendida, empecé a olerme una trampa. Asistí a la universidad de mal humor. La jornada se me hizo interminable. Incluso el profesor de Etimología, que siempre me resultaba apasionante, me pareció una lata.

A las cuatro de la tarde llegué a la acomodada vivienda. Tumbado en el suelo, mi alumno se levantó de un salto para recibirme. Pensé que había tomado algo: tenía ojos de alucinado.

—Hola, Pie.

—«Canta, oh Musa, la cólera de Aquiles...»

—¿Se ha aprendido *La Ilíada* de memoria?

—Debería. ¡Me ha encantado!

Estaba en trance. Le inspeccioné las pupilas, que me parecieron normales.

—¿La ha leído entera?

—¡Por supuesto! Es demasiado genial. ¡Por fin una historia con grandes recursos!

—Es una manera de verlo, sí.

—Nada que ver con su Stendhal, pequeños amoríos de poca monta. En América, de *La Ilíada* dirían: «*It's bigger than life!*».

Me reí. Justo después sospeché que había gato encerrado y le pregunté:

—¿No se ha aburrido en ningún momento de su lectura?

—Sí. Al principio, con las descripciones de la flota griega, me costó. Parece que el autor quiere darles las gracias a sus patrocinadores.

—¡Por aquel entonces no había!

—Lo dudo. Llámelos como quiera, exagera con todos esos barcos y con su *name dropping*. Uno juraría que existe un pliego de condiciones y que todas las familias griegas ilustres exigieron ser citadas, sin duda para poder presumir. «Leed *La Ilíada*, ya veréis: la guerra de Troya, ¡mi padre estuvo ahí!»

—De todos modos, la glorificación de los barcos resulta hermosa.

—En mi opinión también es una manera de subrayar la ambigüedad de Poseidón. Es el único dios que defiende a los troyanos, construye el muro que los protege. Podía desencadenar una tempestad y hundir a toda la flota griega.

–Pero entonces no habría habido guerra. Y los dioses querían que hubiese guerra.

–Sí, cualquiera diría que disfrutan viendo a los hombres enfrentarse entre sí. Es comprensible: el relato de los combates es apasionante y fabuloso. Lo que resulta molesto es que se nota que Homero toma partido a favor de los griegos.

–Es griego.

–¿Y qué? Yo no soy troyano y estoy a su favor.

–¿Ha leído el prólogo de Giono?

–Leerme un prólogo, no creo que eso vaya a ocurrir. Pero está claro que los griegos son unos cabrones.

–Son astutos.

–Son desleales. Los odio. A los troyanos, en cambio, los aprecio, sobre todo a Héctor.

–¿Qué es lo que le gusta de él?

–Es noble, valiente. Y tiene algo en común conmigo: es asmático.

–En el texto no aparece la palabra *asma*.

–No, pero la descripción de la crisis que sufre no engaña. Reconozco los síntomas. ¡Y comprendo que sea alérgico a los griegos!

–Incluso así tienen algunos elementos interesantes, como Ulises, por ejemplo.

—¿Ulises? ¡Un mal bicho! ¡La jugada del caballo de Troya, menuda infamia!

—*Timeo Danaos et dona ferentes.*

—Eso es. Jugar con la buena fe del otro, inventar una falsa tregua, ese Ulises suyo me da ganas de vomitar.

—Es la guerra.

—¿Y qué? ¡No todo vale!

—En aquella época no existía la Convención de Ginebra.

—Pero a los troyanos nunca se les ocurriría algo tan horrible.

—No. Y esa es la razón por la que pierden.

—No importa. Son ellos los que tienen razón.

—¿Y Aquiles no le fascina?

—Es el peor de todos. Una caricatura del guerrero americano. Lo que se nos describe como valentía es la vanidad de un cretino que cuenta con la protección divina hasta el punto de creerse invencible.

—¿No le conmueven sus lágrimas tras la muerte de Patroclo?

—¡Grotesco! Sigue siendo el típico *warrior* americano, que se va cargando enemigos a mansalva sin la más mínima sombra de problema de conciencia, y al que le resulta inadmisible que maten a uno de los suyos.

—Querrá decir a su mejor amigo.

–Y él, ¿a cuántos mejores amigos troyanos se ha cargado?

–Pero ¡la profundidad de su amistad resulta conmovedora!

–No. Los malvados también tienen mejores amigos, eso es todo.

–Me pregunto si no se estará identificando demasiado con la causa troyana.

–Ya se lo he dicho, me gusta Héctor. Me identifico con él. Leyendo *Rojo y negro* era incapaz de identificarme con Julien, y menos aún con aquellas pobres mujeres. Mientras que, con Héctor, la identificación resulta evidente.

–Espero que no sea solo por el ataque de asma.

–No, por supuesto. Hay muchos ejemplos de su nobleza. Pero el asma es la señal de su desprecio. En eso me uno a él.

–Escuche, estoy muy contenta. Ha leído *La Ilíada* como nunca había visto leerla a nadie. A eso se le llama leer.

–Sí. Por desgracia, *La Ilíada* no figura en mi programa de Francés.

–Existe una teoría literaria según la cual cualquier novela es o bien una Ilíada o bien una Odisea. Así que no se me ocurre mejor introducción.

–Si no lo he entendido mal, tendré que leer *La Odisea*.

—Claro. No ponga esa cara. ¡Con lo que le ha gustado *La Ilíada*!

—*La Odisea* es la historia de Ulises. No me cae bien, ya se lo he dicho.

—En *La Odisea*, el papel de Ulises es muy distinto. En cualquier caso, su reacción a *La Ilíada* me resulta tan apasionante que necesito conocer su reacción a *La Odisea*.

—Así aprenderé.

Me reí y salí de la habitación. Como me temía, el padre me pilló a la salida.

—Señor, no me gusta que espíe mis clases —dije con humor.

—Y yo no doy crédito a lo que acabo de escuchar. Cuando mi hijo me advirtió de que había acabado *La Ilíada* creí que estaba mintiendo.

—Ya ve que mi idea no era tan mala.

—Lo admito.

—Así pues, puede confiar en mí y dejar de espiarme.

—No es de usted de quien desconfío, señorita.

—Si su hijo supiera que recurre a un ardid para seguir nuestras clases, se pondría furioso. Y yo lo comprendería.

—Quiero profundamente a Pie.

—Extraña manera de demostrarlo.

—No le tolero que me juzgue.

—En cambio no se priva de juzgarme a mí. No he olvidado lo que me dijo ayer. Me trató como a una loca furiosa.

Salí con la cabeza alta, para no demostrarle que, la víspera, cuando me marché, yo también me consideraba una loca furiosa.

El señor Roussaire tardó cuatro días en volver a llamarme.

Llegué por la tarde, a la hora convenida. Fue Pie quien me abrió la puerta. Me instaló en el salón con ese exceso de cortesía que siempre me hacía sentir incómoda en su casa y que, por fortuna, desaparecía a partir del momento en el que empezaba a hablar.

—Un día para leer *La Ilíada*, cuatro días para leer *La Odisea*. Usted dirá.

—Estaba cansado. Para *La Ilíada* pasé una noche en blanco.

—Entiendo. ¿Algo más?

—*La Odisea* me ha gustado, pero no tanto como *La Ilíada*. Al final no es más que la historia de un solo hombre.

—Eso es falso.

—Vale, de acuerdo, también están sus compañeros, su mujer, su hijo. Son personajes secundarios. *La Ilíada* no es la historia de Aquiles. Es la historia de la confrontación entre dos grupos humanos.

–La verdad es que no le gusta Ulises.

–En efecto. No te pueden gustar Ulises y Héctor a la vez.

–No irá a obsesionarse con Héctor hasta el fin de los tiempos.

–¿Y por qué no?

–Bueno. Héctor murió en el episodio anterior. Pasemos página. ¿Qué le reprocha a Ulises?

–¡Miente más que habla!

–No. Recurre a la astucia. Es eso o morir.

–Preferiría que muriera.

–Si muriera, no habría *Odisea*.

–Tengo suficiente con *La Ilíada*.

–Escuche, la última vez fue usted muy brillante y ahora solo me suelta sandeces.

–Lo siento. Me gustan las historias de guerra. Detestaría vivir una guerra, pero, en literatura, ¡hay que ver el juego que dan! Cuando deja de haber guerra, la literatura vuelve a limitarse al amor y la ambición.

–En *La Odisea* hay muchas más cosas que amor y ambición.

–Sí. El Cíclope: me encantó.

–¡Hay que ver!

45

—Pero incluso en eso me parece que Ulises se porta mal con Polifemo.

—¿Preferiría que se dejara masacrar junto con sus compañeros?

—Supongamos que sí. Eso no quita para que me guste Polifemo y que sufra por él. ¡Y no me irá a decir que Ulises se porta bien con Nausícaa!

—No le hace nada.

—¿Bromea? Le suelta en pelotas un discurso ardiente, a ella, que no sabe nada de la vida, y luego, cuando el padre de Nausícaa lo rescata, la abandona.

—Debe ir al encuentro de su mujer.

—¡Ya era hora de que pensara en su mujer! ¿Y qué le acaba pasando a la pobre Nausícaa?

—Nunca habría imaginado que se mostraría solidario con una joven.

—No se corte y diga que me toma por un animal.

—Es usted un lector interesante. Si le he entendido bien, a partir de ahora solo podré proponerle libros de guerra.

—Y usted, ¿a qué ha dedicado estos cuatro días?

—Soy estudiante, mi vida cotidiana consiste en estudiar. No hay mucho que contar al respecto.

—¿Tiene novio?

46

—No es de su incumbencia.

—Yo no tengo novia, ya se lo digo.

—Tal cosa no me obliga a imitarle.

—No se ponga a dar lecciones. Mi padre me ha dicho su edad. Solo tiene tres años más que yo.

—Su padre no me paga por mantener esta clase de conversaciones.

—¿Y está aquí por dinero?

—¿Le parece que es por su particular encanto?

—Es usted una borde.

—No me ha dicho nada del regreso de Ulises a Ítaca.

—El golpe del arco me parece una metáfora sexual un poco grosera.

—Más en francés que en griego antiguo.

—¿La ha leído en griego antiguo?

—Soy filóloga.

—En el fondo no tiene diecinueve años, sino ochenta.

—Exacto. ¿Qué más le ha gustado del regreso de Ulises a Ítaca?

—Francamente, ese episodio no me ha entusiasmado.

—Ulises reconocido por su viejo perro, que muere de emoción, ¿no le ha conmovido?

—No, es del todo inverosímil. Un perro no vive tanto tiempo.

—No hay que detenerse en esa clase de detalles. Cuando Homero dice que Ulises está fuera durante veinte años es una manera de hablar.

–Y gracias que he acabado de leerlo. Con semejante argumento me habría hecho aborrecer a Homero hasta el extremo de negarme a abrir el libro.

–Homero escribe por primera vez cantos que pertenecen a la tradición oral. Es heredero de los aedos y se esfuerza por respetar sus códigos, entre los cuales figura la aproximación cronológica.

–A veces notas los ardides para cautivar a los oyentes. Por ejemplo, el ritmo de las secuencias. Cada aventura dura un número determinado de versos, el tiempo para llevar la acción a su clímax. Y luego se relaja. El público puede ir al lavabo.

Me reí.

–Bien visto. Fue un tirano, Pisístrato, quien ordenó que *La Ilíada* y *La Odisea* se pusieran por escrito. El esfuerzo editorial fue colosal, revolucionario y sin precedentes. Los aedos se escandalizaron y afirmaron que se desnaturalizaba para siempre la obra más hermosa de todos los tiempos. Lo peor es que quizá tuvieran razón. No hay que descartar que el texto perdiera mucho al quedar fijado. Pero, si no lo hubiéramos hecho, hoy no quedaría ni rastro.

–¿Los lectores de la época la boicotearon?

–Al contrario.

–¿Cómo podemos saberlo? ¿Tenemos acceso a la lista de libros más vendidos del siglo V antes de Cristo?

–No. Pero disponemos de otro indicio igual de revelador. Con la edición nació también la crítica literaria. Y hubo un crítico, Zoilo, que declaró que Homero escribía como un impostor. Pues bien, el público fue a por Zoilo y lo colgó.

–¡Me encanta!

–Bueno. Va a leer en voz alta el episodio de los lotófagos.

–¿Por qué ese?

–Me gusta.

Le di *La Odisea* abierta por la página correspondiente. Pie leyó, siempre igual de átono, pero sin trabarse ni una sola vez.

–Ya no es disléxico. Mi misión ha terminado.

El chico se quedó atónito.

–Su padre me contrató para resolver su problema de dislexia. Está curado.

–¡La necesito para Francés en selectividad!

–Venga. No me necesita para nada. Ha leído *La Ilíada* y *La Odisea* con un talento excepcional. Las comenta como muy pocos lectores adultos son capaces de hacerlo.

—Ni *La Ilíada* ni *La Odisea* entran en el temario.

—Da igual. Quien puede con lo más puede con lo menos. Sinceramente, para un lector moderno, Homero es más difícil que Stendhal.

—No opino lo mismo.

—No es una cuestión de opinión. Es un dato objetivo.

—Vale. Comprendo. Ya no quiere ocuparse de mí, eso es todo.

—No es cierto. Lo que pasa es que no quiero ser deshonesta.

—No lo sería. Por favor, ocúpese de mí.

Era a la vez violento e implorante.

—No lo entiendo. Se ha mostrado más que harto de mí. Ha tardado cuatro días en llamarme cuando se suponía que teníamos que vernos a diario.

—Perdóneme. No volverá a ocurrir.

—No tiene por qué excusarse. Su actitud me parecía lógica. Ahora es cuando no le entiendo. ¿A qué viene esa supuesta necesidad?

—Ha logrado despertar mi interés por la literatura.

—Vale. Pues ya está.

—No. Si se marcha, eso desaparece.

Lo observaba desconcertada. Su angustia saltaba a la vista. Era la primera vez en mi vida que

50

leía en el rostro de alguien hasta qué punto me necesitaba.

A la vez afectada y molesta, le dije que regresaría al día siguiente.

–Gracias –dijo antes de abandonar la habitación precipitadamente.

«¿De qué va esta familia de chiflados?», pensé mientras salía. No había acabado de pensarlo cuando Grégoire Roussaire me interceptó, con los ojos brillantes:

–Bravo, señorita.

«¡Ya no me acordaba de este tarado!», pensé.

–Ha maniobrado con habilidad.

–¿A qué se refiere?

–La insolencia de mi hijo resulta intolerable. Lo ha puesto en su sitio de un modo admirable.

–Su hijo muestra la insolencia normal de su edad y no he sentido necesidad de defenderme. Ya no es disléxico, no veo por qué afirma necesitar todavía mis servicios.

–Él tiene razón: en Francés es un zopenco.

–Se expresa bien, lee mucho mejor que la media.

–Porque usted lo estimula.

–¿Y por qué no lo estimula usted?

–No tengo tiempo.

–¿Tiene tiempo para espiar mis clases y no para conversar con Pie?

El hombre suspiró.

–Tengo problemas de relación con él.

–¿No será que hay que ocuparse de él?

–Escuche, el examen de Francés se acerca. La psicología profunda la dejaremos para otra ocasión.

–Su hijo, ¿también tiene problemas de relación con su madre?

–No. Ninguno.

–Entonces ¿por qué no lo estimula ella?

Se rió por lo bajo.

–No sé cómo decírselo. No es una mujer demasiado estimulante.

Sentí su desprecio y supe hasta qué punto aquel tipo me resultaba detestable. ¿Fue por aquella impresión por la que, en ese mismo instante, él me entregó el sobre con mi sueldo?

–Le he incluido las clases de estos cuatro días.

–No tenía por qué –protesté.

–Sí. Usted había reservado esas horas en su agenda. Ese cabroncete se ha portado sin la más mínima corrección.

–Tampoco me parece aberrante en absoluto que haya necesitado cuatro días para leer *La Odisea*.

—Podría haberla llamado igual sin haberla acabado. Señorita, nos está ayudando más de lo que cree.

«¿Nos?», pensé. Las prisas por marcharme ganaron la partida. Una vez en la calle respiré a pleno pulmón.

La clase me había causado un malestar tan profundo que el interrogatorio de Donate casi me alivió.

—Al chico le ha encantado *La Ilíada*. La ha leído en veinticuatro horas y me la ha comentado de un modo sorprendente y brillante.

—¿Y por eso pones esa cara?

Le conté todo lo demás. Hizo una mueca.

—¡Qué padre más abominable!

—Sí.

—¿Qué es un cambista?

—Lo busqué en el diccionario. «Especialista en operaciones de cambio en un banco.» Creo que debe de existir una acepción menos honrada. Ese hombre es asquerosamente rico y apesta. Acaba de pasar unos quince años en las Islas Caimán.

—Esto me huele a estafa, ¡lo mejor sería que te largaras!

—Si no fuera por el chico, lo haría. Esta tarde, cuando me ha suplicado que me quedara, me ha dado auténtica pena. No parecía el capricho de un niño mimado.

—Te gusta, ¿no?

—Claro que no. Pero me interesa y me enternece.

—Me pareces muy joven para sentir ternura maternal por él.

—Adivina: hay otros modos de sentir algo por alguien además del amor y la ternura maternal.

—¿Ah, sí? ¿Cuáles?

—La amistad. La curiosidad.

—¿La curiosidad es un sentimiento?

—En este caso, sí.

A partir de entonces fui a casa de los Roussaire cada día. Como se suponía que ya no tenía la obligación de curar a un disléxico, me permití hablar un poco de todo. Eso me costó algunos comentarios por parte de su padre:

—Cuando han hablado de los zepelines no me ha parecido muy literario.

—Todo puede ser literario.

—Es cierto. El enfoque que le dieron a la charla no lo era.

—Ha dicho que su hijo necesita estímulos. Confíe en mí.

—Confío en usted.

—¿Y por eso me sigue espiando?

—No la espío a usted, sino a él.

—¿De qué tiene miedo?

—De que le falte al respeto.

—Ya hemos hablado de eso. Puedo defenderme solita. La verdadera falta de respeto es su espionaje.

—Señorita, lo toma o lo deja.

Odiaba a ese tipo, pero me entendía cada vez mejor con Pie, que me parecía más y más interesante.

En efecto, me había hablado mucho de zepelines. Su casi desaparición le entristecía de forma inconsolable:

—Que los aerostatos sean caros no me parece un argumento. El avión, la carrera espacial, todo eso es terriblemente caro. La verdad es que los hemos abandonado por su inmensidad, que los convertía en poco prácticos, sobre todo una vez en tierra. ¿Se imagina el tamaño de un hangar de zepelines? Justo esa es la idea que me conmueve. Me gustaría ver a esos gigantes dentro de su hangar.

—Debería ser posible.

—Me he informado. Como los zepelines solo

se utilizan en publicidad, hay que pasar por agencias de comunicación. Me parece siniestro.

—Se incendian fácilmente, ¿no?

—Sí. Ese es otro problema del aerostato, que sin duda tiene varios: frágil, caro, voluminoso. Pero esas ballenas voladoras, silenciosas y graciosas son tan bellas... ¡Por una vez que el hombre inventa algo poético!

—Esa pasión, ¿forma parte de su interés por las armas?

—No especialmente. El uso bélico del zepelín resultó catastrófico. Un invento tan delicado solo tenía sentido en tiempos de paz. Pero me entristece que quede relegado a la publicidad. Me gustaría crear una agencia de zepelines. En un mundo ideal, los conduciría yo mismo. Me los alquilarían para viajes.

—¿Por qué no?

—Mi padre me dijo que era imposible. Al parecer, la gente de hoy no soporta la idea de tener una bomba de hidrógeno paseando sobre su cabeza. Me pregunto por qué, teniendo en cuenta todos los peligros que aceptan sin rechistar y que ¡ni de lejos resultan tan hermosos! Mi padre dice que no tengo ningún sentido de la realidad.

—¿Y usted qué opina?

—Primero tendría que saber qué entiende mi padre por realidad.

Estaba claro que ambos sufrían de un déficit de realidad, eso es lo que no le dije. No obstante, las carencias de Grégoire Roussaire me parecían más graves, en el sentido de que, ganando enormes cantidades de dinero, creía estar próximo a lo real.

Un día la que me abrió fue una elegante mujer de unos cuarenta años.

–¡Por fin la conozco! –exclamó–. Mi hijo me ha hablado mucho de usted.

–Buenos días, señora –le dije, sin atreverme a añadir que su hijo nunca me había hablado de ella.

Me comunicó que Pic llegaría de un momento a otro. La miré con discreción, deseando que mi curiosidad no se notara demasiado. Ella no se cortaba a la hora de observarme de arriba abajo y de fijarse en los más mínimos detalles de mi persona:

–Me encanta su falda. ¿Puedo tocarla?

Sin esperar mi respuesta, se sentó a mi lado en el sofá y tocó el material de la ropa.

–Este modelo es muy original. Evidentemente para llevarlo hay que estar tan delgada como usted. ¿Cuánto pesa, señorita?

Luego llegó un sinfín de preguntas. Muy incómoda, fui contestando hasta que comprendí que la mejor defensa era el ataque.

–Y usted, señora, ¿a qué se dedica?

Encantada, sonrió y fingió tener que vencer cierto pudor antes de confesar:

–Soy coleccionista.

A continuación esperó, segura de que iba a seguir preguntándole. Dicho y hecho:

–¿Y qué colecciona?

Carole Roussaire corrió a buscar su ordenador portátil y, tras introducir algunas contraseñas, me enseñó la fotografía de una salsera.

–¿Colecciona salseras?

Se echó a reír.

–No, por supuesto, ¡hay que ver qué divertida es usted! Colecciono objetos de porcelana. Esta salsera es mi adquisición más reciente. Perteneció a Luis II de Baviera.

Me pareció que aquella salsera era el modo menos interesante del mundo de aproximarse al reinado de Ludwig, pero dije algo educado, del tipo:

–¡Es fascinante!

–¿Verdad que sí?

Inasequible al desaliento, la madre de mi alumno empezó a enseñarme fotografías de un número inspirador de tazas, platillos, platos, chocolateras y compoteras que había comprado a familias a cuál más ilustre. El primer cuarto de hora creí que me iba a morir de aburrimiento. El segundo lo deseaba.

–¿Y dónde almacena todas esas maravillas? –pregunté.

–¿A qué se refiere?

–Esta colección debe de ocupar mucho espacio y exigir unas precauciones especiales.

Durante largo rato, la señora Roussaire permaneció perpleja antes de despachar con un gesto las bobadas que yo acaba de proferir:

–Esas consideraciones no me conciernen.

–Sin duda contará con algún socio que se ocupe de todo eso por usted.

–No entiendo ni una palabra de lo que me está diciendo –dijo, comenzando a irritarse.

De repente di en el blanco:

–¡Nunca ha tenido ninguno de esos objetos entre las manos! ¡Los ha comprado por internet y allí siguen!

Ese «allí», refiriéndose a un lugar tan ambiguo, era el quid de la cuestión.

–Por supuesto –respondió ella incómoda por si, por un segundo, yo hubiera podido pensar otra cosa.

–¿Cree que todos los coleccionistas actuales actúan igual?

Me miró con consternación, como preguntándose por qué me interesaba por cuestiones tan estúpidas, y suspiró:

–Quizá.

–¡Es extraordinario! Internet ha vuelto el mundo irreconocible. Antes, un coleccionista era un maniaco que conservaba sus tesoros con sofisticadas precauciones. Ahora, el coleccionista se conforma con poseer una imagen en internet.

–¿Con quién está hablando?

–Conmigo misma. Me pregunto si es un progreso.

–Le diré a mi hijo que ha llegado –dijo levantándose, encantada de haber encontrado un pretexto para abandonar a una persona tan inconveniente.

Media hora antes me había dicho que Pie llegaría de un momento a otro. En realidad, si a Carole Roussaire le hubiera caído bien, nunca habría avisado al chico de mi llegada.

Cuando él se reunió conmigo, arrastraba la incómoda expresión de alguien cuyo vergonzoso secreto acaban de descubrir.

–Ha conocido a mi madre.

Asentí.

–Lo siento. Creo que de verdad quería conocerla.

–Es normal.

–¿Qué opina de ella?

–¿Cómo podría haberme formado una opinión en tan poco tiempo?

–Está mintiendo. Lo dice por educación. Mi madre es idiota.

–No diga usted tal cosa.

–¿Por qué? ¿Porque esas cosas no se dicen?

–Efectivamente.

–No importa. A usted siento la necesidad de decírselo: mi madre es idiota. Verá, mi padre no es ningún cretino, pero lo desprecio y somos incapaces de hablar sin gritarnos. Mi madre no es mala, pero ¿qué podría decir de una mujer tan estúpida? Tenía ocho años cuando comprendí que era imbécil. Y tenía doce cuando supe que mi padre era una mala persona.

Muy incómoda ante la idea de que la mala persona en cuestión estuviera escuchándonos, me esforcé por cambiar de tema:

–¿Tiene amigos?

–¿En Bruselas? Llevo dos meses aquí.

–Podría ser suficiente.

–Está claro que en mi caso no lo ha sido.

–¿Antes había tenido amigos?

Se encogió de hombros.

—Eso creía. Cuando ves que tras dos meses de separación casi no queda nada de una amistad que había durado diez años tienes derecho a dudar de ello. En resumen: estoy solo. Esa es una de las razones por las que valoro nuestra relación. Pero ¿podemos llamarla amistad?

—Sin duda no hace falta ponerle nombre. —Estimé que era la respuesta más prudente.

—Nos pusieron un examen sobre *Rojo y negro*. Saqué la mejor nota, 19/20. Con la excusa de una pregunta tonta, teníamos que decir lo que opinábamos sobre el libro. Me acordé de su teoría, según la cual toda novela es o bien una Ilíada o bien una Odisea. Expliqué que el libro de Stendhal era una Odisea: Julien era Ulises, madame de Rénal era Penélope, Mathilde era Circe, etcétera.

—¡Bravo!

—Todo eso gracias a usted. Sin usted habría cero posibilidades de sacar semejante nota.

—Ha sido capaz de asimilar y de sacar partido de lo que le dije. No subestime sus méritos. Es muy inteligente.

Conmovido, se calló y bajó la cabeza.

—Mi padre también me dijo que era inteligente. Y añadió que no me serviría de nada.

—Seguramente quiso decir que no hay que tener una concepción utilitarista de la inteligencia.

–¿Usted cree? Una opinión como esa no parece suya.

Me torturaba verme obligada a defender a un cabrón con el pretexto de que nos escuchaba.

–Ahora tendremos que leer a Kafka: *La metamorfosis* –dijo.

Evité manifestar hasta qué punto me gustaba ese libro y me despedí.

–Pero si la clase acaba de empezar –protestó.

–Nadie le impedía llegar a la hora –respondí.

Resultó inevitable que Grégoire Roussaire saliera a mi encuentro.

–La felicito, sobre todo por el final. Estos jóvenes son incapaces de llegar a la hora.

–Yo soy joven y soy puntual.

–Sí. Pero usted…

¿Cuántas veces había oído lo mismo a propósito de mí? Ya fuera en boca de mis padres o de mis compañeros. «Sí, pero tú…» Nunca exigí aclaraciones sobre ese comentario, de una desagradable ambivalencia.

–Siento que mi esposa le haya puesto las manos encima.

–¿Eso también lo ha espiado? ¿De qué tiene miedo, por cierto?

–Estaba perplejo. Fue algo tan imprevisto…

—No. Es natural que conozca también a la madre de mi alumno.

—Admita que se trata de alguien particular —dijo entregándome mi salario.

—Le dijo la sartén al cazo.

Me sorprendí a mí misma esperando con impaciencia a que llegara el día siguiente. No dejaba de imaginar las reacciones de Pie tras leer *La metamorfosis*. A los quince años, la había descubierto maravillada.

«Cada adolescencia es una versión de este texto», pensé. Me vinieron a la mente multitud de contraejemplos. Había conocido a chicos y chicas que habían vivido su adolescencia en una nube: guapos, luminosos, eran la negación de la edad ingrata.

Pensándolo bien, su caso no significaba nada: solo se trataba de una fatalidad estadística. Me hacía pensar en esos supervivientes de la batalla del Somme. La pubertad tenía mucho de guerra, de darwinismo llevado al límite. Era, sin duda, un error de la evolución, igual que la inflamabilidad del apéndice.

Cuando intentaba explicar mi propio caso, una voz interior zanjaba: «Deja de creer que eres una superviviente. ¿Qué tienen en común la niña maravillosa y la jovencita siniestra en la que te convertiste?». Y aún más: comparada con Pie, me sentía muy privilegiada. Tenía unos padres buenos, ni perversos ni estúpidos. Había crecido sin tener que superar ningún drama. Mi tragedia se había limitado a la experiencia común: había ocurrido alrededor de los trece años, en un segundo. De repente, en mi cabeza, el hechizo se rompió.

Recuerdo haber intentado restaurar la magia y, al cabo de unos minutos, haber renunciado: «No sirve de nada, solo puede ser un simulacro». Había vivido un hechizo de casi trece años que se había disipado en menos que nada. No tenía remedio.

Además, leer *La metamorfosis* a los quince años fue una revelación. Despertarse una mañana convertido en una cucaracha gigante: sí, era exactamente eso. En las otras novelas, los adolescentes eran unos impostores: solo se nombraba a los supervivientes de la batalla del Somme. Antes de Kafka, nadie se había atrevido a decir que la adolescencia era una carnicería.

Me parecía que la adolescencia de Pie era una pesadilla: no podía compararla con la mía, no teníamos nada que ver, pero a la fuerza se vería reflejado en Samsa.

Donate estaba loca de curiosidad por la familia Roussaire. Cuando le conté que había conocido a la madre, me preguntó sin tregua: a cada respuesta estallaba en una carcajada. Me abstuve de contarle lo de «Le dijo la sartén al cazo», aunque debería haberlo hecho.

—Cometí el error de leer primero la contracubierta. Al saber que el narrador se llamaba Grégoire estuve a punto de renunciar. Soy tan alérgico a mi padre que la simple presencia de su nombre me provoca urticaria.

—Es Gregor, no Grégoire.

—En mi edición también tradujeron el nombre, así que es Grégoire. Resumiendo, que incluso así leí el libro de un tirón: es el único modo de proceder.

—Estoy de acuerdo.

—No hay nada más verdadero que este texto. No dejaba de pensar: «Es eso, es exactamente eso». ¿Acaso todo el mundo reacciona así?

—No sé si todo el mundo. Yo reaccioné igual que usted.

—¿Incluso siendo una chica?

—Por supuesto –dije riendo.

—No se lo tome a mal. La única mujer que conozco es mi madre. Esté tranquila, nunca la he considerado como representativa de su sexo.

—La adolescencia de las chicas es diferente a la de los chicos, pero es como mínimo igual de violenta, por no decir más.

—¿Por qué me dice eso?

—Porque acaba de leer *La metamorfosis*.

—¿Y qué? No es un libro sobre la adolescencia.

—¿Ah, no?

—Es un libro sobre el destino reservado al individuo de hoy. Su interpretación es demasiado optimista. Verse reducido a enterrarse como un gusano herido, a merced del primer predador que aparezca, es decir, de casi todo el mundo, no está reservado solo a los adolescentes.

—¿Qué sabe usted, Pie?

—¿Qué sabe usted, Ange? Con diecinueve años todavía está en la adolescencia.

—Me considero adulta desde que cumplí los dieciocho.

—¿Cree que los demás la ven así?

—Me basta con mi decisión.

—Es divertida. Así que, ahora que ya es adulta, ¿le parece que está mejor?

—No estamos aquí para hablar de mí.

—Sí, esa evasiva le viene bien. Estoy seguro de que se siente tan mal como hace tres años.

—Estoy viva.

—Es una buena respuesta a mi pregunta de hace un minuto. Usted ha elegido la vida. No estoy seguro de querer imitarla. No, no estoy jugando a los suicidas. ¿Para qué recurrir a un heroísmo tan inútil? Dentro de tres años no seré un alumno brillante capaz de dar clases de lo que sea a un mocoso como yo.

—No lo sabe.

—Deje ya esta comedia, por favor. Me pone nervioso.

—¿Quién le dice que a los dieciséis años las cosas no me iban terriblemente mal?

—No se trata de usted. Lo que admiro de *La metamorfosis* es que no se da por hecho que la maldición que golpea a Grégoire será transitoria. Nadie le dice: «Todo se arreglará». Y, en efecto, no se arregla.

—En su caso.

—¿Así que en su caso sí se arregló?

—Una vez más: esto no va de mí.

—Es fácil escabullirse así. Kafka escribió este libro en 1915, durante la terrible guerra que marcó el principio del siglo XX. Desde entonces, ese ha sido el destino reservado a los seres vivos: lo vivo se percibe como un tumulto al que hay que ponerle fin. El siglo XX marca el principio del suicidio del planeta.

–¿No cree que se está excediendo un poco?

–No me lo parece. Usted se ocupa de mí y se lo agradezco, me aporta mucho. Pero eso no impide que, según mi modo de ver las cosas, esto va de usted y no de mí.

–¿Tiene la intención de curarme?

–De ningún modo. Su enfermedad le sienta muy bien. Si no fuera tan fantasiosa, no sería tan interesante.

Sonreí.

–He leído que Kafka estaba en conflicto abierto con su padre –retomó–. Esa es también la razón por la que, creo, se le ha considerado el portavoz de la adolescencia.

–Heme aquí calificada de «se».

Pie ignoró mi comentario y prosiguió:

–El rechazo del padre no es exclusivo de la adolescencia. Lo que odio de mi padre no es su paternidad, sino el destino que me propone: a partir del siglo XX, la herencia que nos deja la generación precedente es la muerte. Ni siquiera una muerte instantánea: se trata de ir arrastrando una larga angustia de cucaracha herida antes de acabar aplastado.

–Si su padre quiere tal cosa para usted, ¿por qué me ha contratado?

–Por estupidez.

–Tiene una respuesta para todo –dije riendo.

73

—¿Y eso es malo?

—Es indicador de sus límites. Un razonamiento irrefutable acaba siendo autovalidador. Se encierra en sí mismo, lo cual es la definición de la idiotez.

—¿Soy un idiota?

—En el sentido de Dostoievski, sí.

—Estoy preparado.

—Perfecto. Leerá *El idiota*.

—¿Qué? ¿Ya hemos acabado con Kafka?

—La prueba de que no: empezamos con Dostoievski.

—No forma parte del programa del liceo.

—Hemos superado esa fase.

—Pero si ni siquiera he conseguido hacerle cambiar de opinión sobre *La metamorfosis*.

—Ha hablado admirablemente de Kafka y su opinión es apasionada. Es lo único que me importa.

Me levanté.

—¿Ya se marcha? La clase apenas estaba empezando.

—¿Está seguro de que esto se mide por su duración?

—Si tiene ganas de marcharse, prefiero no retenerla. Pero me duele que lo desee. No le gusta que le lleven la contraria, ¿verdad?

—Nada que ver. Y de una vez por todas, Pie,

la literatura no es un arte para poner de acuerdo a la gente. Cuando oigo a los lectores decir: «Voy con madame Bovary», suspiro de desesperación.

–Yo no he dicho nada tan estúpido y, sin embargo, se marcha. Antes dígame por qué Kafka odiaba a su padre.

–Podría obtener la respuesta fácilmente, bastaría con leer su obra.

–Me gustaría que me lo contara.

–Su padre era un *pater familias* autoritario, mezquino, orgulloso de sus pobres privilegios de padre.

–¿Se portó especialmente mal con él?

–No. Cuando odias a alguien, cualquier acto resulta insoportable. Con un rencor excepcional, Kafka menciona que en la mesa solo su padre tenía derecho a sorber el vinagre. A través de su pluma, esa vejación, en sí benigna, adquiere la categoría de crimen.

–¿Odia a su padre?

–No. Lo quiero mucho.

–¿Y a su madre?

–La quiero profundamente.

–No puedo imaginarme qué significa querer a tus padres.

–Puede que cuando fuera muy pequeño quisiera a su madre.

–Sí. La quise hasta que comprendí lo estúpida que era. Mamá estaba obsesionada por el miedo a que yo estuviera estreñido. Sí, perdón por los detalles. Total que, cuando tenía seis años, ella quería que, todos los días, escribiera en una pizarra A, si había ido de vientre, y B, en caso contrario. Le dije que bastaba con escribir A o nada. Como no lo entendía, le dije: «Hay tanta diferencia entre cero y uno como entre uno y dos». Ella respondió: «Pobrecito mío, en cálculo eres todavía peor que yo».

—Era un motivo de decepción. ¿De verdad dejó de quererla por tal cosa?

—Es difícil querer a quien desprecias.

Me pareció el momento idóneo para marcharme. Pie ya no me intentó retener. Parecía avergonzado.

Cuando el padre me interceptó excusándose por las confidencias que había tenido que escuchar, le dije que su hijo necesitaba ayuda psicológica.

—¡No está enfermo! —se sublevó.

—No. Está angustiado.

«No es para menos», pensé.

—Eso no es de su incumbencia, señorita. No le repetiré sus palabras: la odiaría por ello.

—¿Espera que se lo agradezca? —dije recogiendo do el sobre con mi salario.

–Tengo la impresión de ser su psicóloga. No es lo mío.

–Renuncia y déjalo.

 –Si no voy yo, ¿quién irá?

–Nadie es insustituible.

Donate tenía razón y sabía que yo lo sabía.

–Desde que te ocupas de él te has acercado más a mí –añadió–. Es como si necesitaras hablar con alguien equilibrado.

«¿Equilibrada, ella?» No respondí, porque en el fondo estaba diciendo la verdad: me había acercado a ella. Y me sentía contrariada por ello. Tenía que reaccionar: ampliar mis relaciones. Por desgracia, en la universidad seguía siendo igual de invisible.

En clase, al día siguiente, el profesor de Mitologías Comparadas preguntó a los alumnos la etimología del nombre *Dioniso*.

—¿Nacido dos veces? —sugerí.

Un tipo que no sabía que me detestaba gritó en el anfiteatro:

—¡Menuda idiota! Pero ¡qué idiota!

El resto de los alumnos estalló en una carcajada. Mis mejillas palidecieron. Cuando el silencio se restableció, el profesor dijo tranquilamente:

—No era la respuesta correcta y, sin embargo, resulta interesante. *Dioniso* significa «nacido de Zeus».

En realidad me había equivocado al considerarme invisible. No lo era, puesto que me detestaban. Al menos, ese chico que había vociferado en mi contra me odiaba. Se llamaba Régis Warmus y era un bocazas. Nunca le había dirigido la palabra y él a mí tampoco. En cuanto a los demás alumnos, puede que, en efecto, no hubieran reparado en mí hasta entonces, pero en adelante seguirían la voz de su amo.

Warmus era el seductor de la clase. Convencido de su belleza, transmitía una seguridad increíble. Seducía tanto a hombres como a mujeres, sin que supiera hasta qué punto llegaba con unos y con otras. El profesor de Teoría de la Tragedia estaba locamente enamorado de él, al igual que la mayoría de las chicas de Filología. De hecho, nunca entendí por qué había elegido esa carrera: devorado por la ambición, aspiraba a convertirse en director de cine en Hollywood.

Al final de la clase permanecí sentada hasta que todos los alumnos estuvieron fuera para no cruzarme con nadie. Salí cuando el anfiteatro se vació. Tuve la desagradable sorpresa de comprobar que el profesor de Mitologías Comparadas me estaba esperando. Me invitó a tomar una copa. Demasiado pasmada para saber cómo reaccionar, acepté.

Por suerte me llevó a un café de fuera de la universidad, donde no nos encontramos con ninguna cara conocida. Pedí un té y él, un café irlandés.

—Bueno, Ange, ¿la detestan? —empezó él.

—No lo sabía. Me he enterado al mismo tiempo que usted.

—No, yo lo sabía desde hace mucho.

—¿Y eso?

—Siempre he observado que se queda sola en su rincón.

—Eso no significa que me detesten.

—Salta a la vista que sí. ¿Por qué?

—No tengo ni idea.

—Quizá porque no se acerca a los demás.

—Eso no es verdad. ¡Cuántas veces he intentado simpatizar con unos y otras!

—Y, en su opinión, ¿por qué no ha funcionado tal cosa?

–No lo sé. Hasta ahora me consideraba invisible, sin más. Al ver el comportamiento de Régis Warmus me he dado cuenta de que no lo era.

–¿Y no es mejor así?

–No. Prefería la invisibilidad.

–Yo, sin embargo, me había fijado en usted.

No cometí la estupidez de preguntarle por qué. Cuando entendió que no le haría esa pregunta, prosiguió:

–Se parece a las chicas de las películas de Éric Rohmer.

Era la primera vez que un viejo me tiraba los tejos, me sentía incómoda.

–No ha visto ninguna de sus películas, ¿verdad? Tenía el talento de elegir a jóvenes actrices atípicas, atemporales, muy agraciadas.

Las mejillas me ardían. Me habría abofeteado. También habría abofeteado al profesor con ganas.

–Se llama Ange: es encantador y le va como anillo al dedo. Sus padres corrieron un riesgo: ponerle un nombre así a una chica que habría podido revelarse mala, algo así la habría hundido. En usted, tal cosa subraya su belleza.

Cuando hablaba con Pie, decía «tal cosa». Cuando hacía el papel de alumna, decía y pensaba «eso». Así pues, *tal cosa* tenía que ver con el lenguaje docente. Fue todo lo que me vi capaz de pensar.

—¿Por qué sus padres le pusieron ese nombre?

—Es mejor que Marie-Ange.

Sorprendido por mi respuesta, acabó estallando en una carcajada y a continuación recapituló:

—¿Le pusieron Ange porque era mejor que Marie-Ange? ¿Eso fue lo que de verdad le contaron?

—No. Querían un nombre epiceno.

—Lo cual no explica nada. Hay muchos nombres epicenos. Sé de lo que hablo, me llamo Dominique.

Ya está, acababa de decirme su nombre. Si hubiera tenido amigos, habría sabido que ese profesor no tenía fama de ligón. Me parecía haber caído en una trampa. Aquel día estaba siendo una pesadilla. Fue por eso por lo que, de repente, pronuncié estas palabras suicidas:

—Ligar con alumnas es juego sucio. No te puedes escabullir, temes demasiado una mala nota. Y aún es peor ligar con una alumna que acaba de sufrir una humillación pública: es aprovecharse de su debilidad.

—¿Por qué dice tal cosa?

—Porque lo pienso.

—Hace bien, entonces. Y así me da ocasión de decirle hasta qué punto se equivoca. No estoy ligando con usted.

—¿Y cómo llamaría a esto?

—Estoy enamorado de usted.

Era la primera vez que alguien me hacía una declaración semejante.

—Es inútil decirle algo así a una alumna.

—A menos que sea verdad.

—Debe de tener mucha experiencia en este campo.

—No tengo ninguna. Se nota, ¿no? Soy ridículo.

—Lo que resulta ridículo es pretender amar a alguien que no se conoce.

—Es cierto que no la conozco. Pero la he observado tanto desde septiembre que sé dos o tres cosas sobre usted que me resultan conmovedoras.

—¿Como que me tratan de idiota en plena clase, por ejemplo?

—Lo he descubierto al mismo tiempo que usted; me ha indignado, pero también me ha proporcionado la oportunidad de abordarla.

—¿Cuántos años tiene?

—Cincuenta.

—Es sin duda más viejo que mi padre. Escuche, me voy a marchar, ya tengo bastante por hoy.

—¿Me promete que pensará en ello?

—¿Pensar en qué?

—En nosotros.

Abrí los ojos como platos.

—¿Espera que su declaración tenga continuidad?

Me levanté y salí. En la calle pensé en Pie. A Donate no le parecía aberrante que estuviera enamorada de él. Sin embargo, sabía que no era así. ¿Cómo demostrármelo?

Volví sobre mis pasos. El profesor de Mitologías Comparadas seguía sentado. Se sujetaba la cabeza entre las manos, con expresión avergonzada. ¿Cómo había dicho que se llamaba?

—¿Dominique?

Se sobresaltó y me miró con un pánico que no me resultó desagradable. Me acerqué a él y, sin sentarme, le di un beso en los labios.

—¿Por qué?

—Me dijo usted que lo pensara. Ya lo he pensado.

—Piensa usted deprisa.

Sonreí.

—Es la primera vez que la veo sonreír. Es hermosa.

—¿Nos vamos?

—¿Adónde?

—No lo sé. Salgamos de aquí.

Mis propios modales me sorprendían.

—Podríamos ir a su casa. Pero su mujer le estará esperando —dije implacable.

—Estoy divorciado, vivo solo.

—¿Tiene hijos?

—No. ¿Y usted?

La pregunta me hizo gracia.

—No. No, pero, ya que lo dice, tengo un alumno con el que he quedado.

—Un alumno, ¿de qué?

Se lo expliqué brevemente.

—¿Cuántos años tiene?

—Dieciséis.

Leí la inquietud en su mirada.

—¿Cuándo volveré a verla?

—Mañana por la noche —propuse.

Fijó una cita. Salté al tranvía y vi al profesor mirar hacia mí hasta que el último vagón desapareció.

—Hoy la noto extraña —observó Pie.

—Usted está extraño todos los días.

—Por lo menos lo estoy igual cada día.

—Pero no estamos aquí para hablar de mí.

—Ayer hice algo increíble. Leí un libro por iniciativa propia.

—¡Bravo! Cuénteme.

—*El diablo en el cuerpo*, de Raymond Radiguet.

—Además eligió una obra maestra. Estoy orgullosa de usted.

—Es la historia de un chico de dieciséis años que se acuesta con una chica de diecinueve.

—Me consta. ¿Y le gustó?

—Mucho. Me gusta esa manera de escribir sobre el amor, sin sensiblería.

—Tiene razón.

—Además es un poco nuestra historia. Tienen nuestra edad.

—Aparte de ese dato, no nos parecemos.

—En efecto, nosotros no nos acostamos. ¿Se acuesta con alguien?

—No contesto a ese tipo de preguntas.

—Yo nunca me he acostado con nadie.

—¿Es porque acaba de leer *El diablo en el cuerpo* por lo que solo piensa en tal cosa?

—Pienso en eso cada día y cada noche.

—A su edad es normal.

—Deje de darse importancia. Usted también piensa en eso.

—Esta conversación empezó bien, usted había leído *El diablo en el cuerpo*. Ahora está degenerando.

—No me lo parece. Es formidable que una novela te dé ganas de hablar de sexo.

—En mi opinión no debería limitarse a hablar de ello.

—De acuerdo. ¿Vamos a mi cuarto? Al fin y al cabo es mi profesora. Enséñeme.

—Soy profesora de Literatura.

—Enséñeme literariamente.

Me reí.

—¿En su liceo no hay chicas?

—¡Tendría que verlas!

—Venga, abra los ojos. Estoy segura de que algunas son encantadoras.

—No me apetece un premio de consolación.

–Bueno. Creo que necesitamos salir un poco. A usted le interesan los zepelines. ¿Y si fuéramos al Museo del Aire?

–¿Hay un zepelín en el Museo del Aire de la capital de un país tan pequeño como el suyo? Voy a buscarlo en internet.

–No. ¡Vayamos a verlo de verdad!

Me levanté. Fastidiado, el joven me siguió. Disfrutaba pensando en la cara que pondría su padre desde su puesto de observación.

–¿Está muy lejos?

–Está en el parque del Cincuentenario. Tomaremos el tranvía.

Estaba claro que Pic nunca había subido a un tranvía. Parecía tan asustado como si hubiera aceptado su proposición sexual. Le pagué el billete.

–¿Cómo va al licco todos los días?

–El chófer de mi padre me lleva en el Ferrari.

Me senté a su lado. Miraba por la ventana con desconfianza.

–Bruselas es una ciudad bonita –dije–. Curiosamente, tiene que hacer muy buen tiempo para que se note.

–¿Por qué lo dice?

–Porque casi todas las casas dan a ambos lados. Cuando hace sol, la luz atraviesa las habitaciones. Entonces, Bruselas parece construida con rayos.

—¿Ha viajado mucho?

—No demasiado. No tanto como usted.

—Yo no he viajado. Me he desplazado a lugares que no he conocido nunca.

—Razón de más para descubrir Bruselas.

Tras algunos trasbordos, desembarcamos en el parque del Cincuentenario. Pie pareció asombrado por el gigantismo de las construcciones. En el Museo del Aire pregunté si había zepelines. Me respondieron que solo había dos góndolas desmontadas.

Muy orgullosa, se lo comuniqué al chico, que se encogió de hombros.

—Es como si quisiera ver un Rolls Royce y usted me dijera: «¡Tienen dos habitáculos!».

—Mejor eso que nada.

—Además, esto es el Museo del Ejército y no el Museo del Aire.

—Debería hacerle ilusión. A usted le apasiona el ejército.

Las góndolas me impresionaron. Estaban admirablemente bien concebidas, como cajas de música.

—¿Qué le parecería poder ver los zepelines enteros? —refunfuñó Pie.

Pese a su expresión indiferente, lo vi contemplar las góndolas con emoción. Me lo imaginaba a los mandos de una de ellas: él también

88

debió de pensarlo, porque se dejó ganar por el entusiasmo y se enfurruñó cuando sonó el timbre de cierre.

Llegué a la conclusión de que la visita le había gustado. Saltamos al tranvía para volver a su casa.

—Hoy está distinta.

—Es porque es la primera vez que me ve fuera.

—No. Está distinta desde que llegó.

No hice ningún comentario.

Al día siguiente, Grégoire Roussaire me salió al encuentro según entré. Una vez en su despacho ni siquiera me invitó a tomar asiento.

—¿Puede explicarme qué pasó ayer?

—No hay nada que explicar. Su hijo y yo fuimos al museo.

—No le pago para que le enseñe zepelines a mi hijo.

—Lo sé. En cuanto a la literatura, valore mis logros: Pie ya lee obras maestras por iniciativa propia. Ya no me necesita, me retiro.

—¡No! Sabe lo indispensable que es para Pie.

—En absoluto.

—Es la única chica buena que ha conocido en su vida.

—No siga, me parece estar oyéndolo.

—Lo que le estoy pidiendo es que no abandonen el domicilio durante las clases.

—Lo que no soporta es que ayer librara a su hijo de su vigilancia durante dos horas. ¿Cómo se las apaña cuando está en el liceo?

—No es lo mismo. ¿Cree que he nacido ayer? Se lleva a mi hijo en tranvía, un tranvía llamado deseo, para ir al Museo del Aire y echar una cana al aire, ¿es para enseñarle el uso de la metáfora o de la analogía?

—Está usted enfermo. No quiero permanecer ni un minuto más en esta casa.

Ocurrió que en ese instante Pie entró en el despacho.

—Me pareció escuchar su voz.

—¿Con qué derecho entras aquí sin llamar?

—Voy, Pie. Su padre me estaba entregando mi salario —dije tendiendo la mano hacia Roussaire, que, estupefacto, me dio el sobre habitual.

Me senté en el sofá y respiré profundamente para calmarme.

—¿Son imaginaciones mías o diría que mi padre le estaba echando una bronca?

—No ha apreciado demasiado nuestra salida de ayer.

—¡Menudo imbécil! ¿Cuál es su problema?

—Es un hombre que quiere controlarlo todo.

—¿También se ha dado cuenta? Bravo, es exactamente eso. Esa es la razón por la que se casó con una idiota. Mi madre es muy fácil de controlar.

—Y usted no.

—Efectivamente. Mi padre se muere de ganas de saber lo que tengo en la cabeza. Ignorarlo lo vuelve loco.

—Guárdese sus secretos, Pie. No me los cuente.

—Pero me gustaría confiárselos.

La situación se volvía insoportable. Pensé en pasarle una nota para señalarle que nos estaban escuchando. Pero, ¡ay!, ¿cómo proceder? Su padre estaba viendo hasta sus más mínimos gestos. Por lo demás, tampoco sería ningún regalo desvelar hasta qué punto su padre era un miserable. Tenía que cambiar de tema cuanto antes.

—¿Alguna vez ha pensado en escribir?

—¿Escribir qué?

—Poemas, un diario.

—No soy una chica.

Estallé en una carcajada.

—¿Una novela?

—¿Y por qué iba a escribir una novela?

—Para abrirse.

—Mi padre la leería a escondidas. Registra mi habitación y mi ordenador. Mi única intimidad es la que tengo con usted.

—¿Por qué se comporta así su padre? ¿Acaso piensa que toma drogas?

—Debería saber que no. Las odio. Los chicos del liceo fuman o esnifan: se vuelven tan cretinos… No, mi padre no soporta ni que le lleves la contraria ni que tengas secretos. Igual que ayer, usted está diferente —prosiguió—. Algo le está pasando. Está en su derecho, lo comprendo. Pero se va a alejar de mí.

—No voy a alejarme de usted.

—Me gustaría ser usted. En sí mismo, ser una chica no me atrae. Lo que me atrae es todo lo demás: usted es libre, interesante. Debe de ser divertido ser usted.

—Es la primera vez que me dicen algo así.

Sin duda hay gente a la que le gustaría ser yo. Se equivocan. Soy un prisionero. Y siento odio dentro de mí.

—¿Qué podría hacer para que cambie tal cosa?

—Cuando estoy con usted, estoy bien. Y también cuando leo.

—¡Lea más!

—¿Y qué tengo que hacer para verla más?

—Ya me ve mucho.

—Me encantó nuestra salida de ayer.

—Podemos visitar otros museos.

—Más bien estaba pensando en pasear por el bosque.

—No soy su entrenador personal, Pie.

Él suspiró.

—Vale. Si no quiere, no puedo obligarla.

El comentario resultaba enigmático, decidí no aclararlo.

—Le ha gustado *El diablo en el cuerpo*. ¿Y si leyera la otra novela de Radiguet, *El baile del conde de Orgel*?

—Sí. He visto que está en la biblioteca del primer piso. Sígame.

Encantada de librarme de la vigilancia del padre, seguí al chico hasta el primer piso. Me hizo pasar a una habitación dedicada a los libros: las obras estaban admirablemente ordenadas en unos estantes clasificados.

—¡Menudo tesoro! —exclamé.

Allí estaban todos los autores más prestigiosos del mundo.

—¿Quién está en el origen de esta biblioteca?

—Mi padre.

Estaba a punto de pensar que había juzgado mal a aquel hombre cuando el adolescente prosiguió:

—Lo gracioso es que no ha leído ninguno de los libros que hay aquí.

—¿Cómo es posible?

Pie soltó una risa sarcástica.

—Si lo conociera mejor, sabría que para él funcionar así es lo normal. Dice que no tiene tiempo para leer. Pero sí tiene tiempo para acumular libros y hacérselos elegir a expertos. Cuando era pequeño creía que mi padre era un hombre muy ocupado. Un día, hace tres años, me escondí en su despacho para espiarlo. ¡No da golpe! A veces mira la pantalla de su ordenador, toquetea el teclado, llama a alguien para decirle: «OK, es correcto». Hojea el *Wall Street Journal*. Y ya está. Se queda en su despacho durante horas y a eso lo llama trabajar.

—Sin duda es un trabajo que se nos escapa.

—Lo que se me escapa es lo que quiere de mí: ¿un clon de su calaña? En ese caso, ¿por qué ha recurrido a usted? ¿De qué manera ese trabajo, como lo llama él, le impide leer, por ejemplo?

—Hay que estar concentrado en eso.

—¡No está concentrado en nada!

—Entonces ¿por qué reunir esta biblioteca y transportarla?

—De cara a la galería.

—¿Qué galería?

—Sus invitados. Lo hacen poco, pero, a veces, mis padres organizan fiestas. De ahí la casa suntuosa. A mi padre y a mi madre les importa un bledo lo que ellos denominan pomposamente su «arte de vivir»: los muebles hermosos, los libros, la bonita vajilla, las cenas refinadas. Pero sí desean impresionar a sus invitados. Cuando no ejercen de anfitriones, comen cualquier cosa y se pasan los días y las noches en la nada.

–¿Ven la tele?

–Se quedan clavados ante el televisor encendido. No sabría decirle si la ven.

–Pero habrá algún momento que compartirán usted y sus padres.

–Mi padre y mi madre casi no me dirigen la palabra.

–¿Y usted?

–Me quedo en mi cuarto.

–¿No cena con ellos?

–No. Por suerte. Las raras veces en las que ha ocurrido fue horrible. Era incapaz de tragar nada. Mi padre desprecia a mi madre y ella ni siquiera se da cuenta. Verlos juntos es horroroso.

–Y cuando ejercen de anfitriones, ¿conoce usted a los invitados?

–No. No soy sociable. No me comporto adecuadamente. Soy sarcástico. Digo la verdad. De todos modos, lo que estas personas tienen que contar no es para tanto. No se interesan en absoluto los unos por los otros, y es comprensible.

–¿Por qué organizan fiestas, pues?

–Para pavonearse. Sin ser conscientes de que solo se impresionan a sí mismos. Resulta patético.

En ese momento, Grégoire Roussaire entró y fingió sorprenderse:

–¿Está usted aquí?

–Como puede comprobar –respondí.

—¿Y qué hace aquí?

—Le enseño literatura a su hijo. La biblioteca no es el lugar más absurdo para tal cosa.

Se marchó, dejando la puerta abierta.

—Parece que nos vigila —suspiró Pie.

Cogió *El baile del conde de Orgel*.

Llegué a la cita a la hora en punto. El profesor me estaba esperando, muy emocionado, y no
intentó disimularlo.

—Tenía miedo de que no viniera.

—¿Por qué no iba a venir?

—Seguro que tiene gente mejor a la que fre-
cuentar.

—No. Aparte de usted, solo veo a mi alumno.
Le he dado clase esta tarde. Y usted, ¿frecuenta a
mucha gente?

—A nadie. No tengo amigos.

—¿Ni siquiera entre los otros profesores?

—Ya sabe, cada uno va a lo suyo. No tengo
un puesto importante y no soy un bocazas. ¿Por
qué iban a interesarse por mí?

—Estuvo casado. Cuénteme.

—Lo clásico. Tenía veintidós años, me ena-
moré de una chica de mi edad. Luego nos casa-

mos. Muy rápido, mi mujer se dio cuenta de que había hombres mucho más atractivos que yo. Un día me anunció que se había enamorado de otro. Nos divorciamos. Seguimos siendo amigos.

—¿No intentó retenerla?

—Estaba enamorada de otro, le repito.

—¿Y ha vivido otros amores?

—No.

—¿Cómo es posible?

—No sé qué decirle. No es algo que se pueda forzar. Para tener la valentía de hablarle a una mujer necesito estar enamorado.

—No habrán faltado alumnas enamoradas a su alrededor.

—Probablemente. Pero no han tenido ningún impacto en mí. En cambio, enseguida me fijé en usted. Su manera de estar sola, encerrada en su mundo, de escuchar mis clases con la máxima concentración.

—Debía de parecer perdida. Fue eso lo que le gustó.

—No parece perdida. No forma parte del rebaño. No busca ser como los demás, ni jurar lealtad a los cabecillas ni tampoco oponerse a ellos.

—¡Ahí está! Me han humillado en público, le gusta ir de salvador.

—No necesita que nadie la salve. Es usted quien tiene el poder de salvar.

—Me atribuye cualidades que no poseo.

—La mitología es mi especialidad. Parece una joven Atenea. Con razón se suele destacar la inteligencia de esa diosa. Aun así, siempre se olvidan de hablar de su belleza. Pero Atenea es muy hermosa en todas las efigies.

—Si fuera tan hermosa, ya me lo habrían dicho.

—No. Somos nórdicos, gente que nunca dice nada amable. Julio César nos define perfectamente en *De bello gallico*.

—«*Omnium Gallorum fortissimi sunt Belgae.*»

—Y añade este pasaje menos conocido: «Gracias a su proximidad con los germanos, los belgas han estado constantemente en guerra. Su distanciamiento con respecto a las provincias del sur les impidió ablandarse con el contacto de los mercaderes». Dicho así, parecemos un pueblo de héroes, y sin embargo no lo somos. En realidad, somos unos brutos. Su condiscípulo, el que la insultó, se comportó como tal. Usted y yo somos seres delicados, nacidos en un pueblo de brutos. Esa es la razón por la que somos unos solitarios.

El camarero acudió a preguntarnos qué deseábamos tomar. El profesor pidió una botella de champán. Ante mi expresión pasmada, él se sorprendió:

—¿No le gusta el champán?

—Me encanta. Pero ¿tenemos algo que celebrar?

—Nuestra cita.

—¿Quiere hacerme beber?

—Por mi parte, yo lo necesito.

—¿Es alcohólico?

—En absoluto. Soy tímido.

El camarero trajo la cubitera y descorchó una botella de Deutz. Sirvió dos copas.

—¡Por nosotros! —dijo el profesor.

Estaba más que bueno.

—Aunque solo fuera por eso, vale más no haber vivido en una época antigua —prosiguió—. Entonces se bebía fatal. El vino puro era imbebible. Había que mezclarlo con agua y añadirle especias para poder tomarlo. En cuanto a las famosas libaciones, se trata de la parte alta del ánfora, toda impregnada del aceite con el que las habían tapado: resumiendo, la parte de vino que se sacrificaba a los dioses era asquerosa.

Mi copa ya estaba vacía.

—¡Bebe deprisa!

—Lo constato.

—¿Siempre bebe así?

—Es la primera vez que alguien pide champán para mí. No estoy acostumbrada.

—Antes de que se emborrache, hábleme de usted.

—Mi padre es el jefe de estación de Marbehan.

—¿De dónde?

—Marbehan, un pequeño pueblo de las Ardenas, donde nació. Su sueño era convertirse en jefe de estación de Marbehan. Cumplió su sueño.

—Es formidable. ¿Y su madre?

—Es pedicura.

—¿En Marbehan?

—Sí. Conoce los pies de todos los habitantes de la zona.

—¿Tienen muchos problemas de pies?

—Como en todas partes. Es una profesión muy social: hay que darle conversación a la gente que acude a enseñarte los pies. Mi madre sobresale en ese ejercicio. Quita callos y lima las durezas mientras les pregunta por sus hijos y sus vacas.

—¿Sus vacas?

—Marbehan está en el campo. Crecí en plena naturaleza.

—¿Hay escuela en Marbehan?

—Una escuela primaria, sí, a la que fui. Para la secundaria fui a Arlon. Iba en tren todos los días.

—¿Tiene hermanos o hermanas?

—No. Eso me ha faltado. Siempre he estado muy sola.

—¿Regresa a menudo a Marbehan?

—Rara vez. Me encanta esa región, en particular el bosque. Pero dos horas de tren no son moco de pavo. Y aprendo a descubrir Bruselas.

–¿Le gusta Bruselas?

–Sí. Es mi primera gran ciudad. En los tiempos en los que todas las mañanas dejaba Marbehan para ir al instituto en Arlon me parecía que me dirigía a la metrópoli. Ahora me doy cuenta de que Arlon es una ciudad muy pequeña.

–Una de las primeras ciudades francorromanas.

–Exacto. ¡No se cansaban de repetírnoslo, en secundaria! ¿Y usted de dónde es?

–Siempre he vivido en Bruselas.

–¿Cómo es crecer aquí?

–Seguro que hay algún modo de divertirse, pero ese nunca ha sido mi caso. Igual que usted, siempre he sido un solitario. Y no me quejo, me gusta la soledad. La única razón válida para abandonarla es el amor.

Volvió a llenar las copas. De nuevo vacié la mía en un abrir y cerrar de ojos.

–¡Parece rusa!

Estallé en una carcajada.

–Ya está. Ya estoy piripi. Me encanta esta sensación.

–Cuénteme.

–Estoy poseída por el espíritu del champán. Soy alegre y ligera.

—Voy a intentar beber tan deprisa como usted.

Lo hizo y rellenó las copas.

Cuando la botella se vació salimos cogidos del brazo, ebrios y ligeros, y me puse a correr de alegría.

—¿Adónde va?

—¿Quiere compartir mi zepelín? Contemplaremos el mundo desde el Olimpo. ¿Acaso no soy Atenea?

Pasamos por delante de una chocolatería a punto de cerrar. Corrí hacia adentro.

—¡Quiero! —dije señalando las estanterías.

Dominique Jeanson compró una caja de cada una de las variedades de chocolate que yo le iba señalando con el dedo.

En el colmo de la excitación me senté en el banco público más cercano.

—¿No quiere que vayamos a mi casa? —preguntó el profesor.

—Dejaría rastros de chocolate por todas partes. Mejor si me los como aquí.

—La gente nos va a ver.

—¿Y qué hay de malo en devorar bombones en la vía pública?

Sin más demora dispuse las cajas entre el profesor y yo, y las fui abriendo una tras otra.

—¡Sálvese quien pueda! —declaré.

Ataqué. Mordí un Astrid, cuyo glaseado caramelizado cedió bajo mis dientes y me hizo suspirar de placer. Al reabrir los párpados, observé que Dominique Jeanson me imitaba.

–Siempre empiezo por los más repugnantes –dije mordisqueando un Manon.

–Tengo una sobrina que cree que el nombre de Manon hace referencia al praliné.

–Sería genial ponerles nombres de bombones de chocolate a tus hijos.

Una cosa llevó a la otra, y nos acabamos todos los pralinés. Se había hecho de noche.

–¿Y si ahora fuéramos a mi casa? –sugirió Dominique Jeanson.

–A condición de que tenga anchoas y pepinillos.

–¿Aceitunas verdes?

–Tendré que conformarme.

Su apartamento me pareció modesto. Me enjaboné los dedos cubiertos de chocolate y regresé a la sala de estar, donde devoramos un bol de aceitunas verdes. Hicieron que se me pasara la borrachera y entonces me di cuenta de que estaba sola en casa de mi profesor de Mitologías Comparadas, sentada a su lado en el sofá.

–¿Y ahora qué ocurrirá?

–Lo que usted quiera, Ange.

Sentí una fatiga absoluta.

–Quiero dormir.

Me ofreció su cama y él se acostó en el sofá. No tuve tiempo de pensar en nada: me quedé dormida al instante.

En medio de la noche, me desperté. El profesor dormía profundamente. No se había quitado ni el traje ni la corbata. Abandoné el apartamento de puntillas. Tras tres cuartos de hora caminando llegué a mi casa. Acabé la noche en mi cama.

Por la tarde acudí a casa de los Roussaire. Pie me miró con consternación.

–Hoy está todavía más extraña que ayer.

–Le dijo el cuervo al grajo.

–¿Me está hablando en belga? No la entiendo.

–Es un francés excelente. Bueno, puede que no excelente, pero sí es francés.

–Me pregunto si es razonable que una belga me enseñe este idioma.

–No siga. Los mejores gramáticos de este idioma, como usted dice, son belgas. Así que sí, es muy razonable tener a una belga como profesora. Añadiré que no me han contratado para enseñarle francés, sino para curarle la dislexia, y lo he conseguido a la primera. Por lo que me parece que estoy siendo la mar de buena al quedarme. Yo he cumplido mi cometido y usted es cada vez más desagradable.

—¿Tan desagradable soy?

—En una escala de dos a siete, es un seis.

—Vale, todavía tengo margen.

Me eché a reír.

—*El baile del conde de Orgel*, pues.

—Lo he detestado. No me puedo creer que le guste ese libro. Para mí que está fingiendo para ponerme una trampa.

—¿Perdón?

—No caeré en su trampa. Por mucho que diga no la creeré. Usted detesta esa novela.

—¿Y ahora qué le pasa?

—Ese libro es un coñazo, una auténtica babosada. Nada que ver con *El diablo en el cuerpo*.

—En eso estamos de acuerdo. En lo demás, lo siento, pero estoy enamorada de ese libro. Es un diamante en bruto de la literatura. Sobre el triángulo clásico del marido, la esposa y el amante no se ha escrito nada más hermoso, más delicado, más civilizado.

—Dice eso para burlarse de mí.

—No. Está en su derecho de que no le guste una novela.

—De verdad creí que me estaba poniendo a prueba.

—¿Por qué iba a hacer tal cosa?

—Para demostrarme que no soy digno de usted.

–¡Pie, socorro! Abandone ese delirio. No tiene por qué ser digno de mí.

–Si eso es lo que cree, todavía es peor. Significa que nunca ha pensado en mí como enamorado.

–En efecto.

–¿Es por mi edad?

–Nada que ver.

–Entonces ¿por qué?

–Amo a otra persona.

Se descompuso.

–¿A quién?

–No se lo voy a decir.

–¿Por qué no lo ha confesado antes?

–No es de su incumbencia.

–Sí. Sabe que estoy enamorado de usted.

–No lo está. Es un chico frágil y solitario, la primera que se le pone por delante le parece seductora, eso es todo.

–¿Tanto me desprecia?

–Siento una gran estima por usted. Pero no estoy enamorada de usted y no hay posibilidad de que tal cosa cambie.

–¿Acaso mi padre es su amante?

–No. ¿Qué es lo que no va bien hoy, Pie?

–Siento que hay un viejo en su vida.

–Hay otros viejos aparte de su padre.

–Entonces ¿admite que se trata de un viejo?

—Más viejo que usted, sí.

—¿Es que acaso soy François de Séryeuse?[1]

—¿Cree que se parece a él?

—¿Qué es lo que no funciona en mí, Ange? ¿Por qué estoy tan mal?

—Necesita salir de esta casa, eso es todo. Ver a sus amigos, salir por las noches.

—No tengo amigos.

—Eso es por pereza. Es imposible que en su liceo no haya nadie simpático.

—¿Quiere ser mi amiga?

—Si lo entiendo bien, me ha elegido como parche para todos los aspectos de su vida. Mejor hábleme de *El baile del conde de Orgel*.

—No me gusta cómo está escrito. Suena a viejo.

—Radiguet tenía diecinueve años cuando lo escribió.

—*El diablo en el cuerpo* es joven, y es mejor.

—¿Y *La Ilíada*, que tanto le gustó, diría que es joven?

—Ni joven ni vieja. Es extraña.

—Pues ahí lo tiene. *El baile del conde de Orgel* es una preciosidad extraña. Cocteau y Radiguet acababan de releer con admiración *La princesa de*

1. François de Séryeuse es el protagonista de *El baile del conde de Orgel*. (*N. del T.*)

Clèves y decidieron, cada uno por su lado, ofrecer su propia versión, como dos pintores debutantes se ejercitarían copiando *La Gioconda*. Tal cosa desembocó en dos obras maestras: por un lado, *Thomas el impostor*, y por el otro, *El baile del conde de Orgel*.

—Me importa un bledo, no he leído *La princesa de Clèves*.

—Pues la leerá. Es mi novela preferida.

—Así que, si no me gusta, ¿me detestará?

Cuando Grégoire Roussaire salió de su despacho para pagarme me miraba de un modo tan extraño como su hijo. Aquella casa de locos me ponía cada vez más enferma.

¿Iba a enamorarme de mi profesor de Mitologías Comparadas? El simple hecho de que tuviera que hacerme esa pregunta confirmaba que era incapaz de ello. Pero me caía bien.

Las relaciones que había tenido eran intercambios rápidos y sórdidos: tratar con alguien considerado y amable constituía una agradable novedad.

—No quiero que nadie lo sepa, por usted y por mí —le dije.

—Por supuesto. Lo comprendo.

Lo comprendía todo. Acabamos acostándonos: no me moría de ganas, pero fue mejor de lo previsto.

—Hacía veinte años que no hacía el amor. Había vuelto a ser virgen —confesó.

Irradiaba felicidad.

Pie necesitó una semana para volver a llamar; mejor dicho, para que su padre volviera a llamarme.

–Una noche para leer *La Ilíada*, una semana para leer *La princesa de Clèves* –declaré a modo de preámbulo–. Explíquese.

–Es complicada. Hay muchos personajes.

–Infinitamente menos que en *La Ilíada*.

–No es un libro de guerra.

–¿Eso le parece? Un hombre asedia a una mujer inexpugnable.

–No he dicho que no me haya gustado. Lo que me supera es que sea su novela preferida. ¿Por qué?

–Nunca se ha escrito nada tan hermoso ni tan delicado. La tensión amorosa entre los personajes se puede palpar. Cada vez que vuelvo a leerla me siento electrizada.

—¿Porque, además, lo relee?

—¿Y por qué iba a renunciar a semejante placer?

—Todavía no he alcanzado el estado en el que leer constituye un placer. ¡Así que imagine releer! Lo que me desespera es que tengamos tan pocas cosas en común.

—¿Y eso es importante?

—Sí. Usted nunca querrá mi amistad.

—¿Para usted, un amigo es una persona que se le parece?

—No necesariamente. Pero si no tenemos cosas en común…

—Tenemos más de las que piensa. Dicho lo cual, incluso sin ningún punto en común, podríamos ser amigos de verdad.

—¿Sí?

—Hay una historia al respecto. Cézanne tenía un amigo al que todo el mundo consideraba estúpido, sin interés. Un día que no estaba, su entorno le preguntó a Cézanne cómo podía sentir amistad por un tipo como ese. Puesto entre la espada y la pared, Cézanne acabó por responder: «Elige bien las aceitunas».

—Yo no sé nada de aceitunas.

—Está muy lejos de ser estúpido y sin interés, Pie. Siento amistad por usted. Pero no soy su amiga y se supone que tengo que enseñarle cosas.

—Enséñeme a vivir. Lo necesito mucho.

114

—Me mete presión. A mí, nadie me enseñó.

—Ya ve que no estoy muy dotado.

—Ni siquiera estoy segura de estar realmente viva.

—Yo estoy seguro de que sí lo está. Cuando llega aquí, es como si la vida desembarcara. Cuando se marcha, todo se apaga.

Abrumada por semejante declaración, anuncié que íbamos a salir.

—¿Cuándo?

—Ahora mismo. Coja una chaqueta.

No había que dejarle a su padre tiempo para reaccionar.

Una vez en la calle, Pie me preguntó adónde íbamos.

—A la feria del Midi. Frecuenta usted demasiado los barrios altos.

—¿Va a menudo a la feria?

—Por supuesto —mentí.

—Creo que nunca he estado.

—El «creo» sobra. Se nota que nunca ha estado.

El tranvía nos llevó a la feria del Midi, donde reinaba el ambiente de las grandes ocasiones. El aire olía a fritura y a alientos cargados. Arrastré al chico hacia los autos de choque, a una caseta de tiro y al túnel del terror. Él mantenía una expresión aterrorizada de marciano alerta.

—¡Déjese llevar, Pie! Estamos en la feria.

—¿Por qué viene aquí la gente?

—Para divertirse.

—¿Esto es divertido?

—Quiere que le enseñe a vivir. ¿No puede mostrar un poco de buena voluntad?

Le invité a un gofre de Lieja caliente, que se comió con apetito.

—Esto me encanta.

—Un punto a su favor —dije.

—¿Le ofrezco una cerveza?

—Vale.

No era más que una Jupiler, pero subía lo suyo. Al final, Pie se relajó. Fuimos a la caseta de las camas elásticas, donde saltó riéndose como un crío. Solo paró para vomitar.

—Muy bien —le felicité—. Si no vomitas en la feria es que no te has divertido de verdad.

—¡Los belgas son unos bárbaros!

—Sí. Y es lo que necesitaba. No ha frecuentado a suficientes bárbaros.

—Me avergüenza que me haya visto vomitar.

—Eso crea vínculos.

—Noto que ya no dice *tal cosa*.

—Decir *tal cosa* en la feria del Midi se castiga con pena de prisión.

—¿Y usted no vomita?

Avisté un aparato que propulsaba a sus pasajeros en una zarabanda de *loopings*.

116

–Deme cinco minutos –dije.

Me subí al siguiente convoy. Cuando bajé, corrí a vomitar cerca de Pie, que aplaudió. Me sentí orgullosa.

–No es una blandengue –declaró el chico con aprecio.

Cogimos el tranvía para regresar. Por el camino fui presa de una risa loca:

–Se supone que esta clase debía dedicarse a *La princesa de Clèves*.

–Sí. Y la princesa y Nemours se han ido a vomitar a la feria.

Su reparto de papeles me quitó el mareo de golpe.

Las represalias no se hicieron esperar.

–No le pago para que lleve a mi hijo a la feria.

–Muy bien. Despídame.

–Si abandona a Pie, no lo superará. Y lo sabe.

–Es un padre abominable.

–Su opinión a ese respecto no me importa lo más mínimo.

Cuando me reuní con el adolescente, parecía muy enfadada.

–¿También le ha echado la bronca?

–No hablemos de eso.

–Sabe, he leído mucho más de lo que está en el programa del liceo.

–Me atrevo a esperar que su objetivo no sea conformarse con el programa.

–No. Aun así, tengo que conseguir el título.

–Lo conseguirá con nota.

–No es seguro. Los profesores me odian.

—¿Por qué?

—Dicen que soy despectivo.

—¿Y lo es?

—No siento demasiada estima por esos profes.

—No es razón para ser despectivo. Sea educado, es lo único que se le pide.

—Incluso si cambiara de actitud, seguirían tachándome de despectivo.

—Inténtelo, ya verá.

—Es desalentador.

—El desalentador es usted, Pie. Cualquier cosa que le propongo, me envía a freír espárragos.

—Me cuesta mucho tener ganas de vivir.

—Eso es, ahora deme lástima.

—No me tenga lástima. ¿Por qué iba a tener ganas de vivir? Es una pregunta de verdad.

—Hay muchas cosas formidables.

—Bien sabe que no. Suponiendo que terminara el liceo, me inscribirían en unos estudios de mierda con el fin de convertirme en un tipo tan inútil como mi padre.

—Elija algo distinto. Hágase aventurero.

—No es posible.

—Claro que es posible.

—Entonces ¿para qué acabar el liceo?

—Nunca está de más. Por ejemplo, haber leído libros muy buenos es una excelente preparación para la aventura.

–Usted no vive de aventuras y está contenta.

–Me gusta lo que estudio y me gusta descubrir Bruselas. Esa es mi aventura.

–Estoy enamorado de usted.

–Pare. Lo dice porque se aburre.

–Con usted nunca me aburro.

–Le repito que no estoy enamorada de usted ni lo estaré.

–Es normal que diga eso. Es la princesa de Clèves y yo soy Nemours.

–Yo no soy esa princesa y usted no es Nemours. Tengo amistad con usted, Pie. Haga lo posible por no perderla.

–¿Me está amenazando?

–Le pongo en guardia. No es lo mismo.

–Gracias a usted, me parece estar viviendo en la época de madame de La Fayette. Le vería bien con una gola.

–Me vuelve loca esa moda. Y a usted me lo imagino con una chaqueta de mangas abullonadas, de esas que tienen como una cámara de aire.

–¿Cámara de aire? ¿Como los neumáticos?

–Nada que ver. Con lo de «cámara de aire» me refiero a esos pliegues que tanto abundaban en las ricas vestimentas de esa corte. Hoy en día la ropa con pliegues hondos carece de interés. En aquella época, en el interior de esos profundos

120

pliegues se escondían tejidos suntuosos. Era un detalle de un exquisito refinamiento.

—En la novela también hay profundas hendiduras.

—Bien visto. Hay sublimes hendiduras narrativas, como el episodio de la carta redactada por Nemours y la princesa juntos. Ya ve que sí le ha gustado la novela.

—No me puede gustar de verdad una historia que me recuerda tanto a la mía.

—Le repito, no tenemos nada que ver con los personajes. ¿Suele escuchar música?

—Muy de vez en cuando.

—¿Y qué escucha?

—¿Quiere que se la ponga? Acompáñeme a mi habitación.

Descubrir la habitación de otra persona siempre resulta intrusivo. La de Pie era poco característica, como la de un adolescente recién instalado. Había respetado los detalles art déco de la casa señorial. Las paredes estaban desnudas, el sobrio mobiliario no deslucía en nada la elegancia original de la vivienda.

Bien jugado: la música, en cambio, sí era forzosamente suya. Puso Skrillex a tope.

—«Ease My Mind». Me encanta esta canción.

—¿La conoce?

—¿Por quién me toma?

—¿Y esta?

Unos sonidos de la máxima extrañeza llenaron la habitación.

—¿Qué es?

—«Liquid Smoke», de Infected Mushroom.

—Es magnífica. No conocía este grupo.

—Se lo voy a poner entero.

—Imposible. Su padre me echará un rapapolvo. Bueno, le recuerdo que me ha prometido hacer amigos en el liceo, ¡es una orden!

Cuando Grégoire Roussaire me entregó mi salario, sentí que estaba a punto de morderme.

Aquella misma noche le pregunté a Dominique qué música escuchaba. Me puso el Opus 53 de Chopin, interpretado por Arthur Rubinstein.

—¡Es *La heroica*! —exclamé.

—Sí. Mi polonesa preferida.

Yo solo conocía la interpretación de Martha Argerich: una maravilla. Pero la de Rubinstein era aún más estremecedora.

Los dos hombres que frecuentaba tenían los mejores gustos musicales del mundo.

—Y bien, ¿su tarea?

Pie suspiró y empezó:

—Me había fijado en un tipo de mi clase que parecía tan perdido como yo. A la hora del patio lo abordé. «Hola, Yann.» «¿Qué quieres?» «Nada. Conocerte.» «¿Estás enfermo?» «No. Me gustaría saber quién eres.» «¡Lárgate!» En el descanso siguiente lo intenté con una chica que estaba en la misma situación. Me tocó oír un «tu forma de tirarme los tejos es de perdedor».

—Quizá no ha elegido bien a los candidatos.

—¿Se supone que tengo que continuar con el ejercicio?

—Sí. Dos intentos es poco.

—Es como si fuera al matadero.

—No tiene nada que perder.

—Lo haré solo porque usted me lo pide.

—Pie, se está muriendo de soledad.

–Es cierto. Pero el remedio es peor que la enfermedad.

–Simplemente, aún no ha encontrado el remedio que le conviene.

–Sí: usted.

Ignoré su enésima declaración.

–Hace tiempo que no me habla de su pasión por las armas.

–No veo qué podría decirle. No tengo ninguna.

–Menos mal.

–Si tuviera una, la utilizaría.

–A eso me refería. ¿Y dónde quedó su temperamento no violento?

–Sinceramente, cada vez me resulta más difícil.

–¿Y no tendría que hacer deporte?

–Me horroriza.

–No tiene vida física, no tiene vida amistosa ni social, ¿cómo quiere que las cosas le vayan bien?

–No tengo vida, esa es la verdad. Y temo que sea hereditario. Observo a mis padres: no tienen vida. La gente de mi clase tampoco... Francamente, usted es la única persona de mi entorno que tiene vida. Enséñeme.

–Yo no puedo enseñarle a desear. Tenemos vida cuando sentimos deseo.

–Usted es la vida que deseo.

124

—Y yo no le deseo a usted. Y punto.

—¿Y por qué no consigo creerla?

—Porque es usted un pretencioso. O porque es usted un erotómano, lo que es peor. En ambos casos sepa que, si me vuelve a sacar el tema, dimito.

—¿Y cómo lo superaré?

—Es más fácil de lo que usted cree.

—¿Ha estado alguna vez enamorada de alguien que no la amaba?

—Por supuesto.

—¿Y qué ocurrió?

—Lo dejé correr.

—¿Así de fácil?

—No. Me llevé un buen golpe y luego cambié de objetivo.

—Es usted una bárbara belga, una bestia. Yo soy demasiado delicado.

—Eso se llama *complacencia*. Yo creo que cuando uno escucha Infected Mushroom a tope no es tan delicado. Y lo digo como un cumplido.

—Debería haber sido músico.

—Nunca es tarde. Tiene la mejor edad para empezar con la guitarra o la batería.

—No tengo ninguna voluntad.

—Es usted desesperante, Pie. Dese la oportunidad de llegar a algo. Tenga una vida antes de la muerte. ¡Muévase!

—¿Qué me lo impide?

—Nada. Deje de mirarse el ombligo.

—Me apetece ir a pasear por el bosque. ¿Vamos?

—Excelente idea.

Salimos de inmediato. El bosque de Soignes estaba allí mismo. Nos acogió entre sus hayas de altas copas y sus aromas a hojas muertas.

—Vivo aquí desde hace unos meses y ni mis padres ni yo hemos venido nunca a este bosque.

—¡Bravo por la iniciativa!

—¿Por qué mi padre ha elegido una casa tan bien situada si no disfruta de ninguna de sus ventajas?

—Supongo que su padre ha elegido este barrio por su reputación y no por sus cualidades objetivas. Este bosque es uno de los más bellos de Europa.

—Podría darme su clase cotidiana paseando por el bosque conmigo.

—Le dejo negociarlo con su padre.

—En su opinión, ¿cree que estará de acuerdo?

—¿Por qué no?

Le señalé el camino para salir del parque y llegar hasta el corazón del gran bosque.

—Aquí todavía es más hermoso —observó.

—Sí. No tiene ninguna excusa para anquilosarse en casa.

A nuestro regreso, el padre nos abrió la puerta. Fingiendo que no reparaba en su expresión furiosa, le dije:

–La clase era sobre Rousseau, *Las ensoñaciones del paseante solitario*. Se imponía un paseo.

–No muy solitario, ese paseo –respondió Grégoire Roussaire en un tono colérico.

–No veo la manera de enseñar sin estar presente.

Me entregó mi salario como si me estuviera apuntando con una pistola.

Cenamos en la cocina: cada una había cocinado su propio plato según los preceptos de mi compañera de piso para limitar las bacterias y los virus.

Donate me preguntó por qué no escuchaba ni una palabra de lo que decía. Se lo expliqué.

—Nunca aceptará —dijo ella.

—Aunque tendrá que buscar un pretexto para negarse.

—Lo encontrará.

—Pie es duro de pelar. Insistirá.

—¿En qué avispero te has metido?

—No podía dejar tirado a este adolescente.

—Y con tu viejo enamorado, ¿qué tal?

—¿Estás al corriente?

—Te llama todos los días, he oído su voz, no parece un chaval. ¡Y yo que me temía que te enamoraras de un chiquillo!

Aquel diálogo me puso de mal humor. De noche, durante las horas de insomnio, no me quedó más remedio que admitir que Pie me atraía más que Dominique. No estaba enamorada de Dominique. No estaba enamorada de Pie, pero me gustaba. Más que Dominique.

¿No había otros hombres aparte de esos dos? Probablemente. Pero yo no los conocía. Y no era por no haberlo intentado. Mi vida era de tal manera que los dos hombres que existían para mí tenían dieciséis y cincuenta años. ¡Si por lo menos fuera el tipo de chica que se siente atraída por adolescentes o viejos! No, la verdad es que nunca había sentido atracción por ninguna de esas franjas de edad en particular. Lo uno probablemente explicaba lo otro.

No era de las que se imaginan a príncipes azules haciendo retratos robots. Para conmoverme necesitaba una persona real.

¿Pie, una persona real? Sí, por los pelos. Real, Pie todavía lo era. A ese ritmo, en dos años habría alcanzado a sus padres, habría abandonado lo real para convertirse en uno de esos seres falsos, un *trader* de capitales inimaginables o una coleccionista de porcelanas virtuales. Ese chico era consciente del drama que estaba viviendo, estaba pidiéndome ayuda. Para él, enamorarse de mí era como suplicarle a la realidad que se interesase por él.

¿Y Dominique? Me caía bien. Le dedicaba poco tiempo. Pertenecía a esa franja de la realidad que te gusta que exista, igual que el paisaje. Y mientras hacía esa consideración me quedé dormida.

A la hora de la clase fue Pie quien me abrió la puerta de su hermosa casa. Lo noté extraño. De hecho, extraño siempre lo estaba.

–¿Cómo fue la negociación con su padre?

–Mal.

–Me lo temía.

–No.

–¿Cómo que no?

Me acompañó hasta el despacho de su padre. Este yacía en el suelo, degollado. Había sangre por todas partes.

Salí a la calle y vomité. Él se acercó. Nos sentamos juntos sobre los escalones que llevaban a la casa. Pie habló con calma:

–Estaba sentado con él en su despacho, repitiéndole que quería salir a pasear con usted. Él se obstinaba en decirme que no, sin mirarme. En un momento dado me di cuenta de que el espejo de la habitación no tenía azogue. Ese cabrón nos observaba durante las clases. Fue entonces cuando agarré las tijeras, me abalancé sobre él y lo degollé.

—Hay que llamar a la policía —balbuceé.

—No.

—Podrá explicarse ante un tribunal, Pie. Su padre era un hombre abominable.

—Sí. Pero mi madre no. Y a ella también la he matado.

—¿Qué?

—Por su propio interés. No habría soportado ver a su marido, y sobre todo el parqué, en ese estado. Fui hasta la habitación en la que se pasa todo el día contemplando sus colecciones por internet. La encontré embobada ante la pantalla, recreándose ante sus minúsculas tazas. No me oyó llegar por detrás. La degollé con las mismas tijeras.

Me quedé aturdida.

—No me arrepiento. Lo volvería a hacer. No sé por qué he esperado tanto.

—Es menor. Tendrá derecho a un trato especial.

—Voy a huir. Solo he tenido que entrar en la web del banco de mi padre para que el navegador me proponga rellenar el identificador de usuario y su contraseña, y he transferido la totalidad de sus cuentas a la mía. No puede imaginarse lo rico que soy. Márchese conmigo, Ange. Tendremos una vida de ensueño, viajaremos por todo el mundo. No seremos tan estúpidos para tener un domicilio fijo. Viviremos en palacios de todo el mundo.

–Pie, lo que me propone no es real. Por culpa de sus padres, siempre ha sufrido de una falta de realidad. Su doble crimen es la expresión de ello.

–Es verdad. He matado a personas que no eran reales. No hay nada de malo en ello.

–A ojos de la ley, no es tan simple. Llame a la policía, se lo ruego. Será la única manera de acceder a la realidad.

–No tengo ningunas ganas de ir a la cárcel.

–Testificaré sobre los sufrimientos que le infligían sus padres. No será indultado, pero tendrá una pena leve, estoy segura.

–La agravaré. No alegaré ataque de locura. No he actuado llevado por la demencia. Lo único que no entiendo es por qué no los maté mucho antes. Sin duda hacía falta un mínimo de fuerza física para lograrlo.

–No puede negarme que lo que le ha motivado a pasar a la acción ha sido la rabia.

–Esa rabia lleva mucho tiempo dentro de mí. El espejo sin azogue es la chispa que ha incendiado los excedentes de ira que se estancaban en mi interior desde hace por lo menos diez años.

—Uno no desea matar a sus padres con seis años.

—Hable por usted. Yo recuerdo muy bien la primera vez que quise hacerlo. Fue en las Islas Caimán, estábamos en la terraza de un suntuoso restaurante. En la mesa contigua cenaban unos ricos a los que ellos conocían. En el momento de pagar, los restauradores constataron que esos amigos ricos eran insolventes y los echaron a la calle. Resulta que esa gente, que tenía un hijo de mi edad, me caía bien. Le sugerí a mi padre que pagara la cuenta en su lugar. Se echó a reír con desprecio. Más tarde le pedí explicaciones a mi madre. Ella dijo: «Veamos, querido, no puedes cargar sobre tus hombros con toda la pobreza del mundo». «Toda la pobreza no, pero sí la de Gustave», insistí. Mi madre dijo que Gustave era inocente, sí, pero que sus padres habían sido deshonestos y merecían un castigo. A partir de entonces entendí que los padres de Gustave no habían sido más deshonestos que los míos. Solo menos hábiles. Desde entonces deseé contribuir a la muerte violenta de mis padres.

Abrumada, permanecí en silencio.

—En resumen, que no tengo intención de entregarme.

—Entonces váyase.

—¿Usted no me acompaña?

–No.

–¿Por qué?

–La vida que me propone no me inspira.

–Y no está enamorada de mí.

–Le quiero mucho.

Suspiró.

–No se preocupe, no esperaba que mi parricidio cambiara su disposición respecto a mí. Pero la echaré de menos.

–Yo también le echaré de menos.

Mi declaración lo conmovió hasta el punto de que sus ojos brillaron. Durante un instante fue hermoso. Su acto lo había liberado de las escorias de una torpe pubertad. Sonreí.

–Voy a marcharme, Pie.

–Ange…

–¿Sí?

–Me ha cambiado. Gracias a usted soy lector. Toda la vida leeré grandes libros. Y nunca olvidaré a quien me enseñó a apreciarlos.

No me atreví a decirle que sin su padre nunca nos habríamos conocido. Le estreché la mano y me fui de allí sin darme la vuelta.

Para alivio mío, Donate no estaba en casa. Me vine abajo entre llantos.

Además de mi pena ante la perspectiva de no

volver a ver a Pie, sentía una culpabilidad tan profunda como absurda. No había impedido a un inocente convertirse en asesino. Sin duda era orgullosamente idiota por mi parte suponer que habría podido hacerlo.

Como Pie había resumido perfectamente, mi impacto sobre él había consistido en transformarlo en lector de gran literatura, que lo es todo menos una escuela de inocuidad. Esquilo, Sófocles, Shakespeare, por citar solo a algunos, habrían ordenado a un joven de nivel liquidar a semejantes carroñas.

Aunque yo no le hubiera proporcionado el arma del crimen, sí le había suministrado la armadura literaria. Todo gran texto contiene una expiación y unos asesinatos. No era mi intención, pero sabía de qué estaba pavimentado el infierno.

No encontraron rastros de Pie. La policía hizo público un comunicado: al día siguiente del crimen, el adolescente había sido visto, sentado en la escalinata, con una chica de su edad que acababa de sufrir un mareo. Se le pidió a esa chica que se identificara.

—¿No serás tú, por casualidad? —me preguntó Donate.

—No. Yo soy mucho mayor.

La juventud es un talento, se necesita tiempo para adquirirla. Muchos años más tarde, por fin me convertí en una persona joven. Lo aprendí del doble crimen de Pie.